Luces Apagadas en la Ciudad Brillante Un Thriller Psicológico, Crimen y Policial

Marcelo Palacios

Published by INDEPENDENT PUBLISHER, 2024.

This is a work of fiction. Similarities to real people, places, or events are entirely coincidental.

LUCES APAGADAS EN LA CIUDAD BRILLANTE UN THRILLER PSICOLÓGICO,CRIMEN Y POLICIAL

First edition. November 12, 2024.

Copyright © 2024 Marcelo Palacios.

ISBN: 979-8230440901

Written by Marcelo Palacios.

Tabla de Contenido

Capítulo 1: LA HUELLA DEL DELITO 1
Capítulo 2: La Investigación Comienza 6
Capítulo 3: Encuentro con Isabelle 10
Capítulo 4: Primer Mensaje 14
Capítulo 5: El Patrón Emergiendo 18
Capítulo 6: Detrás de la Máscara 22
Capítulo 7: La Cena Fatal 26
Capítulo 8: Revelaciones 30
Capítulo 9: Cazador y Cazado 34
Capítulo 10: En la Mente del Asesino 38
Capítulo 11: Rastreando las Pistas 41
Capítulo 12: La Primera Confrontación 45
Capítulo 13: Enfrentamientos Internos 49
Capítulo 14: Nuevos Aliados 53
Capítulo 15: Un Viaje al Pasado 57
Capítulo 16: La Amenaza Creciente 61
Capítulo 17: Juego de Poder 66
Capítulo 18: El Mensaje del Asesino 70
Capítulo 19: Captura Fallida 74
Capítulo 20: La Conexión Revelada 78
Capítulo 21: Lazos de Sangre 83
Capítulo 22: Venganza en la Noche 88
Capítulo 23: La Búsqueda del Asesino 96
Capítulo 24: El Doble Juego 101
Capítulo 25: Enfrentando la Verdad 106
Capítulo 26: El Último Mensaje 110
Capítulo 27: La Caza Final 114
Capítulo 28: Revelaciones de Medianoche 119
Capítulo 29: La Red Se Cierra 124
Capítulo 30: La Batalla en la Sombra 130
Capítulo 31: El Precio de la Verdad 137
Capítulo 32: Nuevos Comienzos 142

Capítulo 1: LA HUELLA DEL DELITO

Las luces de París resplandecían con una intensidad perturbadora aquella noche. La ciudad, conocida por su esplendor, guardaba sombras ocultas bajo su deslumbrante fachada. En el centro de esta urbe fascinante, un grito angustioso rompió la quietud de la madrugada. La víctima, un destacado miembro de la nobleza, yacía sin vida en el suelo de su lujoso departamento, rodeado de opulencia y decadencia.

El detective John Blackburn, veterano de la Policía Criminal, llegó a la escena con el rostro marcado por la fatiga, pero su mente era un torbellino de pensamientos. El frío de la noche calaba en su piel, pero el verdadero escalofrío provenía de lo que encontró al cruzar la puerta. Los cuerpos de seguridad se apartaron al notar su llegada, y un aire de expectación cargaba el ambiente. La escena del crimen era un despliegue de horror y caos.

La víctima, el conde Henri Beaumont, lucía irreconocible. Mutilado, el cuerpo exhibía cortes meticulosos que parecían diseñados para torturar. La elegancia de su vestimenta contrastaba brutalmente con el estado en que se encontraba. Blackburn se agachó para examinarlo más de cerca, una sensación de desasosiego asomándose en su pecho. La sala, decorada con obras de arte valiosas y muebles de época, parecía un santuario profanado.

"¿Qué tenemos?" preguntó, su voz resonando con autoridad en medio del murmullo de los policías y forenses.

Un oficial, visiblemente nervioso, se acercó. "Detective, hemos encontrado un mensaje en la pared. Está escrito con sangre."

Blackburn se sintió atraído por la revelación, el horror y la curiosidad chocando en su interior. Se dirigió hacia la pared, donde una frase inquietante brillaba en la penumbra: "El juicio ha comenzado". Las letras, garabateadas de manera irregular, parecían un desafío, un eco de locura que resonaba en la mente del detective.

La sangre, aún fresca, goteaba y se deslizaba por el papel pintado. Blackburn sintió un escalofrío recorrer su espalda. "¿Sabemos si hay más víctimas?"

El oficial dudó, sacudiendo la cabeza. "No hemos encontrado a nadie más, pero hay rumores sobre otros miembros de la élite que han desaparecido."

La angustia se apoderó de Blackburn. Un patrón se estaba formando, uno que prometía ser más oscuro de lo que había imaginado. Las élites de París, siempre tan protegidas por su poder y su riqueza, ahora se encontraban a la merced de un asesino despiadado.

Afuera, las sirenas aún sonaban, y los curiosos se agolpaban, ansiosos por conocer los detalles del horror que se desarrollaba en su vecindario. Blackburn se sintió abrumado por la presión. La ciudad de las luces se había convertido en un nido de sombras.

Mientras los forenses comenzaban su trabajo, Blackburn se alejó para hablar con el inspector principal, un hombre corpulento de cara dura y una mirada cansada. "¿Qué sabemos de Beaumont? ¿Tenía enemigos?"

"Muchos", respondió el inspector con una mueca. "El conde era conocido por sus inversiones arriesgadas y su estilo de vida extravagante. Ha hecho más enemigos que amigos."

"¿Y la familia? ¿Qué dicen?"

"Solo la esposa está aquí, pero parece más preocupada por las apariencias que por su marido muerto. Tiene una cena de gala programada para esta noche."

El detective sintió un tirón en su instinto. "No hay tiempo que perder. Necesitamos hablar con ella."

Al llegar al salón, la esposa de Beaumont, una mujer de belleza glacial llamada Margaux, lo recibió con una mirada de desprecio disfrazada de tristeza. Sus manos temblaban, y la opulencia de su vestido parecía burlarse de la tragedia que la rodeaba. "¿Por qué están aquí? No hay nada que puedan hacer ahora."

"Margaux," dijo Blackburn con calma. "Necesito entender lo que ocurrió. Su esposo ha sido asesinado."

Ella soltó una risa nerviosa. "¿Y eso le preocupa a usted? ¿No tiene otros casos que resolver?"

"Este caso podría estar relacionado con otros asesinatos. Personas influyentes, como su esposo."

La atmósfera se volvió tensa. Margaux retrocedió, su rostro blanco como un lienzo. "No sé de qué habla. Mi esposo no tenía enemigos. Todo el mundo lo quería."

Blackburn no pudo evitar la sonrisa sardónica que se formó en sus labios. "¿Estás segura de eso? Los ricos no suelen tener amigos, solo aliados y enemigos."

Margaux lo miró con furia contenida. "No voy a permitir que me interroguen en mi propia casa. Estoy de luto."

"Y yo estoy aquí para asegurarte de que tu luto no se convierta en una serie de funerales." El tono de Blackburn se endureció. "Necesito que me hables con sinceridad, Margaux. La vida de otros podría estar en peligro."

Con un suspiro, ella se desplomó en una silla, su fachada de fortaleza desmoronándose. "Henri tuvo problemas con algunos de sus socios. Siempre estaba tratando de conseguir una ventaja. Pero no puedo creer que alguien haya querido matarlo."

"¿Puedo contar con que me hables de esos socios?" Blackburn se acercó, su mirada fija en la de ella. "Cada detalle cuenta."

Margaux asintió, pero su expresión permanecía imperturbable, como si intentara esconder la verdad detrás de un velo de desdén. "No sé si puedo ayudarlo. No me gustaría que esto afectara mi posición."

La indiferencia de la mujer lo irritó. "Su posición no importará si el asesino decide que usted también es una amenaza. Hable ahora o se arrepentirá después."

El silencio se instaló en el aire, pesado y opresivo. Blackburn sabía que cada segundo contaba. Una sombra de miedo cruzó el rostro de Margaux, pero ella se mantuvo firme, como una roca frente a la tormenta.

En ese momento, un grito desgarrador rompió la tensión. Blackburn se giró hacia la ventana y vio a un grupo de reporteros que se agolpaban, empujándose unos a otros para obtener una mejor vista. La curiosidad humana era insaciable, y la noticia del crimen se propagaba como un incendio.

"Déjame en paz," murmuró Margaux, sus ojos llenos de lágrimas contenidas. "No puedo más."

Antes de que pudiera responder, un grito más alto resonó. Blackburn giró la cabeza y vio a un joven con el rostro pálido, señalando hacia el callejón. Una figura se movía rápidamente entre las sombras, y la multitud comenzó a alborotarse.

"¡Ahí! ¡Él es el asesino!" gritó el joven, su voz llena de pánico.

Blackburn no perdió un segundo. Salió corriendo, dejando atrás a Margaux, que se hundía en su miseria. Las luces de la calle parpadeaban, y el aire se sentía denso mientras Blackburn se lanzaba tras la figura que desaparecía en la oscuridad.

El detective se adentró en el callejón, donde las sombras parecían cobrar vida. El eco de sus pasos resonaba contra las paredes, y la adrenalina bombeaba en sus venas. La figura se desvanecía en el laberinto de calles de París, pero Blackburn no se detuvo.

A medida que giraba una esquina, vio al sospechoso de espaldas, una silueta oscura contra el brillo de las luces de la ciudad. Blackburn aceleró el paso, sus instintos afilados. "¡Alto!"

La figura se detuvo por un instante, luego continuó corriendo, zigzagueando entre los coches estacionados. Blackburn sintió el impulso de atrapar a ese fantasma, de desentrañar su identidad. El detective apretó los dientes y siguió, con cada paso más decidido.

El hombre se adentró en una zona más oscura, y Blackburn lo persiguió. Un instante después, el sospechoso giró hacia un callejón lateral. Blackburn se lanzó tras él, la determinación empujando sus piernas al límite. Sin embargo, cuando llegó al final del callejón, el hombre había desaparecido.

La respiración de Blackburn se hizo pesada mientras escaneaba la zona. Las sombras se alzaban, y una sensación de derrota comenzó a apoderarse de él. La ciudad que había amado por su belleza ahora se sentía como un laberinto mortal.

De repente, un ruido le hizo girar la cabeza. Un grupo de hombres se reunió al final de la calle, mirándolo con desdén. Sus ojos oscuros brillaban bajo las luces parpadeantes, y Blackburn sintió que el peligro lo rodeaba. La ciudad estaba viva, pero no era la vida que él había conocido.

Su corazón latía con fuerza en su pecho mientras se daba cuenta de que no estaba solo. Este caso no solo se trataba de un asesinato; era una guerra entre sombras, un juego de poder entre aquellos que creían que podían escapar de las consecuencias de sus acciones.

Mientras Blackburn retrocedía, una sensación de urgencia invadió su mente. Necesitaba respuestas, pero sobre todo, necesitaba proteger a aquellos que estaban en peligro. La danza macabra había comenzado, y el primer acto había terminado con un eco aterrador.

Mientras se alejaba del callejón, Blackburn juró que encontraría al asesino. La lucha apenas comenzaba, y cada sombra en París se convertía en un recordatorio de que en esta ciudad, la luz y la oscuridad estaban eternamente entrelazadas.

Capítulo 2: La Investigación Comienza

El reloj marcaba las cinco de la madrugada cuando el detective John Blackburn entró en la comisaría, exhausto pero con una determinación implacable reflejada en sus ojos. La noche había sido larga, y el asesinato del conde Henri Beaumont, con su brutalidad y precisión, seguía grabado en su mente. A pesar del cansancio, sabía que no había tiempo para descansar. La amenaza que acechaba a la élite de París parecía ser solo el comienzo.

Al llegar al departamento de investigaciones, encontró a varios de sus colegas reunidos en torno a una mesa llena de documentos y fotografías de la escena del crimen. El silencio en la sala era denso, cargado de una tensión que hacía que cada pequeño ruido, desde el crujido de una silla hasta el sonido de una hoja pasando, pareciera ensordecedor.

La inspectora Claire Leblanc, una mujer de rostro severo y mirada incisiva, levantó la vista al ver entrar a Blackburn. "John," lo saludó con un leve asentimiento, su tono profesional y frío. "Tenemos más de lo que anticipábamos."

Blackburn se acercó a la mesa y miró las fotografías. Cada una mostraba detalles diferentes de la escena del crimen: el cuerpo del conde mutilado, las palabras escritas con sangre, y pequeños símbolos dibujados alrededor del cadáver, apenas perceptibles a simple vista. "¿Qué es esto?" preguntó, señalando uno de los símbolos. Era una especie de espiral con líneas irregulares, algo críptico y perturbador.

Claire suspiró. "Aún no estamos seguros. Parece tener algún tipo de significado ritual, pero ninguno de nuestros especialistas ha podido identificar su origen."

El detective frunció el ceño mientras observaba las imágenes con detenimiento. No se trataba de un asesinato cualquiera, sino de algo meticulosamente planeado, un mensaje cuidadosamente elaborado. "¿Han encontrado alguna conexión con otros casos recientes?" preguntó finalmente, sin apartar la mirada de los símbolos.

La inspectora asintió con gravedad. "Precisamente eso es lo que te quería mostrar. El asesinato de Beaumont no es un caso aislado." Extendió una carpeta hacia Blackburn y comenzó a enumerar los otros incidentes con un tono sombrío. "Hace dos semanas, en el barrio de Montmartre, encontraron el cuerpo de Philippe Laroche, otro miembro de la aristocracia. Hace tres días, en Saint-Germain, ocurrió lo mismo con Madeleine Rousseau, conocida empresaria en el ámbito de la moda. Ambos cuerpos presentaban heridas similares, y también dejaron símbolos como los que encontramos anoche."

El ambiente se volvió aún más pesado, si era posible. Blackburn hojeó las páginas de la carpeta, deteniéndose en cada fotografía de las víctimas anteriores. Laroche, Rousseau y ahora Beaumont. Todos brutalmente asesinados, y todos pertenecientes a la misma clase social elevada de París. "¿Pistas?" murmuró, casi en un susurro, como si el silencio le permitiera concentrarse en los detalles macabros de cada fotografía.

"Eso es lo más inquietante," intervino otro detective, Marc Delacroix, quien hasta entonces había permanecido en silencio en un rincón de la sala. Marc era joven pero perspicaz, con una mirada penetrante y una reputación de ser meticuloso hasta la obsesión. "El asesino deja pistas en cada escena, casi como si quisiera que lo encontráramos."

Blackburn levantó una ceja, intrigado. "¿Qué tipo de pistas?"

Marc cruzó los brazos y comenzó a explicar. "En el caso de Laroche, el asesino dejó un reloj antiguo, detenido a medianoche, colocado cuidadosamente sobre la mesita de noche. En el caso de Rousseau, encontramos una rosa negra en su mano, completamente marchita, aunque acababa de ser colocada. Y en el de Beaumont, ya lo viste: el mensaje en la pared escrito con sangre."

"'El juicio ha comenzado,'" repitió Blackburn, recordando las palabras con un escalofrío. "¿Qué está tratando de decirnos?"

La sala quedó en silencio mientras todos reflexionaban. Parecía claro que el asesino no solo quería matar; deseaba comunicar algo, dejar un mensaje oculto entre los cadáveres de sus víctimas. Cada pista parecía cuidadosamente orquestada para llamar la atención de la policía, para provocar a los detectives, desafiándolos a seguir el rastro.

Claire se acercó a Blackburn y señaló otra fotografía. "Observa esto. En cada escena hemos encontrado también una pequeña carta con la inicial 'S' grabada en la esquina inferior derecha. No sabemos a qué se refiere, pero aparece en cada una de las escenas."

Blackburn examinó la letra con detenimiento. La S era estilizada, casi como un símbolo antiguo, dibujada con precisión y una clara intención. "¿Podría ser la inicial del asesino, o algún tipo de organización?" preguntó, más para sí mismo que para sus colegas.

"Es posible," respondió Claire, aunque en su tono había una clara incertidumbre. "Podría ser también la inicial de alguien que conoce a las víctimas o tal vez... algo mucho más profundo."

Blackburn sintió una presión en el pecho. La idea de que alguien pudiera estar jugando con ellos, de que cada asesinato fuera una pieza de un juego retorcido, lo llenaba de frustración. "¿Qué sabemos de los vínculos entre las víctimas?" preguntó finalmente. "¿Había alguna relación directa entre Laroche, Rousseau y Beaumont?"

"Estamos trabajando en eso," respondió Marc, volviendo a la conversación. "Hasta ahora, la única conexión evidente es su pertenencia a la élite parisina. Pero sabemos que todos frecuentaban eventos exclusivos, y todos tenían alguna relación con el empresario Maxwell Sinclair."

Al escuchar el nombre, Blackburn sintió una punzada de interés. Maxwell Sinclair, conocido magnate y una de las figuras más influyentes de París, no solo era poderoso; también era enigmático, una sombra constante en los círculos de poder de la ciudad. "¿Sinclair? ¿Podría estar relacionado con los crímenes?"

Claire intercambió una mirada con Marc antes de responder. "Aún no lo sabemos, pero hay algo que nos preocupa. Al parecer, Sinclair tiene una hija, Natalie, que es conocida por su presencia en eventos sociales. Tememos que ella también pueda estar en peligro."

"Entonces, tenemos que hablar con Sinclair y advertirle," dijo Blackburn, su mente ya comenzando a trazar un plan. "Si el asesino tiene un objetivo, necesitamos descubrirlo antes de que cobre otra víctima."

El detective revisó nuevamente los detalles en la carpeta, cada vez más convencido de que no estaban enfrentándose a un asesino común. Este criminal, quienquiera que fuera, no solo buscaba sangre; anhelaba enviar un mensaje, uno que se escribía con cada nueva víctima y cada nuevo símbolo dejado en las escenas.

"¿Han encontrado algo en las cámaras de seguridad?" preguntó finalmente, alzando la vista. En una ciudad como París, con sus calles vigiladas y su infraestructura de seguridad, la esperanza de alguna pista en video era alta.

Marc negó con la cabeza, frustrado. "Es como si evitara deliberadamente todas las cámaras. O las destruye antes de acercarse a la escena o simplemente sabe cómo evadirlas. Es increíblemente cuidadoso, casi como si hubiera estudiado cada punto ciego de la ciudad."

"Entonces, estamos tratando con alguien que entiende de vigilancia, que conoce las calles y los secretos de París," reflexionó Blackburn. "Esto se complica cada vez más."

Afuera, el sol comenzaba a asomarse, bañando la ciudad en un tenue resplandor. Sin embargo, para el equipo de Blackburn, aquella luz no lograba disipar la oscuridad en la que estaban inmersos. La amenaza de otro asesinato pendía en el aire, y el reloj parecía avanzar más rápido de lo normal, como un recordatorio de que el tiempo jugaba en contra.

Con un último vistazo a la carpeta, Blackburn se volvió hacia sus colegas, su mirada decidida. "Nuestro próximo paso es hablar con Sinclair y averiguar lo que sabe. Si este asesino tiene un objetivo, no descansará hasta alcanzarlo. Necesitamos proteger a su hija antes de que sea demasiado tarde."

La sala se vació mientras los detectives se dispersaban para ejecutar las órdenes, cada uno consciente de la urgencia de la situación. Mientras salía de la comisaría, Blackburn sintió una punzada de inquietud. Cada detalle, cada símbolo y cada víctima lo conducían hacia un abismo oscuro y desconocido, uno que amenazaba con engullirlo a él y a todos aquellos que se atrevían a seguir su rastro.

Capítulo 3: Encuentro con Isabelle

La tenue luz de la mañana apenas empezaba a filtrarse a través de las ventanas de la morgue cuando John Blackburn llegó al edificio del Instituto Forense. Llevaba días sin dormir bien, y el cansancio comenzaba a hacer mella en su expresión endurecida. Sin embargo, había algo que lo mantenía en pie: la necesidad de encontrar respuestas. Se dirigía a una reunión clave para el caso, una en la que esperaba esclarecer algunas de las incógnitas que lo atormentaban desde el último asesinato.

El eco de sus pasos resonaba en los pasillos silenciosos, y el ambiente estéril de aquel lugar parecía acentuar el macabro tono de su investigación. Una recepcionista vestida de blanco lo guió hasta una puerta en el extremo del pasillo y le indicó que pasara. Al abrirla, Blackburn se encontró en una sala de análisis forense, donde el brillo frío de las luces fluorescentes iluminaba los instrumentos quirúrgicos y las láminas de evidencia dispuestas en una mesa larga de acero.

Al otro lado de la habitación, una figura se movía con rapidez y precisión. Era una joven de cabello oscuro, recogido en una coleta, y vestía una bata blanca que le daba un aire solemne, casi distante. Sus movimientos eran metódicos, como los de alguien acostumbrado a trabajar en soledad y en silencio. A pesar de su aparente juventud, sus ojos transmitían una mezcla de concentración y experiencia que sorprendió a Blackburn.

Ella se giró al escuchar el sonido de sus pasos y le ofreció una breve sonrisa, cálida pero profesional. "Usted debe ser el detective Blackburn," dijo, con una voz suave y calculadora. "Soy Isabelle Dupont. Estoy a cargo del análisis forense de las pruebas de su caso."

"Eso parece," respondió él, evaluando con una rápida mirada el espacio a su alrededor, deteniéndose en la prolija disposición de muestras, herramientas y notas que Isabelle había organizado con precisión quirúrgica. "He oído que tienes algo de experiencia con casos complejos y... no convencionales."

Isabelle alzó una ceja y esbozó una pequeña sonrisa. "Algo así, aunque nunca he visto nada como esto. Los detalles de estos asesinatos... son escalofriantes y meticulosamente calculados. El asesino parece querer que estudiemos cada detalle." Mientras hablaba, lo guió hacia una mesa cubierta de fotografías y pruebas, en su mayoría impresas en blanco y negro. Había imágenes de cada una de las víctimas, sus heridas y los símbolos dejados en las escenas de los crímenes.

Blackburn observó cada imagen en silencio. El asesinato de Laroche, Rousseau, Beaumont, y todos los detalles que parecían conectar cada caso: las mismas incisiones, el mismo patrón en las heridas y aquellos símbolos que hasta el momento nadie había logrado descifrar. Era como si el asesino hubiese diseñado un rompecabezas y estuviera desafiándolos a resolverlo.

"¿Has encontrado algo que los demás hayan pasado por alto?" preguntó Blackburn, su mirada fija en los ojos de Isabelle. Sabía que los forenses a menudo descubrían detalles que a los detectives se les escapaban, y estaba ansioso por escuchar lo que ella había descubierto.

"Bueno, algunos patrones no coinciden con los métodos comunes de otros asesinos en serie," respondió Isabelle, mientras colocaba una radiografía sobre la luz de una caja luminosa en la pared. "Observe aquí," señaló, indicándole una de las heridas en el cuerpo de Beaumont. "La profundidad y la precisión de este corte sugieren que el asesino tiene conocimientos médicos, pero no es una herida hecha por alguien sin experiencia. Sin embargo, no es un corte hecho para causar una muerte rápida. Es deliberado, casi... artístico."

Blackburn sintió un escalofrío al escuchar sus palabras. Aquellas heridas eran mucho más que simples marcas; eran el reflejo de una mente perversa que encontraba satisfacción en la muerte lenta y agónica de sus víctimas. "¿Qué más has encontrado?" preguntó, tratando de mantener la calma mientras su mente procesaba aquella nueva información.

Isabelle cruzó los brazos, pensativa. "He estado analizando las letras y los símbolos que dejó el asesino en cada escena. Cada uno de estos caracteres tiene una leve variación, como si no fueran parte de un idioma común, sino de un código cifrado. Quizás... un lenguaje personal."

"Aún no sabemos qué significa esa 'S' que aparece en cada escena," intervino Blackburn, buscando una confirmación en la mirada de Isabelle.

Ella asintió lentamente. "He revisado esa 'S' con diferentes especialistas en caligrafía y grafología, y cada uno ha llegado a la misma conclusión: está estilizada de una manera inusual, como un símbolo antiguo modificado. Podría ser parte de un ritual o incluso una firma que no hemos reconocido."

Blackburn frunció el ceño. "¿Has descubierto algo en común entre las víctimas? Algo que explique por qué fueron elegidas."

"Eso es lo más extraño," respondió Isabelle. "Hasta ahora, todas pertenecen a la misma esfera social de la élite parisina y tenían una relación de negocios o amistad cercana con Maxwell Sinclair. De alguna forma, el asesino está enviando un mensaje dirigido a ellos, pero la razón aún es incierta."

El detective asintió, procesando toda aquella información. Maxwell Sinclair era una figura enigmática, y Blackburn comenzaba a sospechar que había más en aquel empresario de lo que parecía a simple vista. "¿Podríamos estar ante un caso de venganza?" aventuró.

Isabelle lo miró con seriedad. "Esa es una posibilidad, pero ¿por qué dejar pistas tan detalladas? Si fuera solo venganza, no tendría sentido tanto esfuerzo por llamar la atención. No, aquí hay algo más profundo."

Mientras hablaban, uno de los asistentes forenses interrumpió para informar que una nueva prueba había llegado desde la última escena del crimen. Isabelle recibió el sobre y lo abrió, sacando con cuidado una pequeña muestra de cabello que habían encontrado cerca del cuerpo de Beaumont. Al colocarla bajo el microscopio, sus ojos se iluminaron con curiosidad.

"Este cabello... no pertenece a ninguna de las víctimas," murmuró, intrigada.

Blackburn se inclinó para observar también. "¿Entonces, es del asesino?"

"Es una posibilidad," respondió Isabelle. "Haré las pruebas de ADN para confirmarlo, pero si es del asesino, esto podría darnos una pista crucial sobre su identidad."

Ambos permanecieron en silencio por un momento, conscientes de que aquel pequeño fragmento de evidencia podría ser el primer gran avance en la investigación. Sin embargo, Blackburn no podía sacudirse la sensación de que aquel asesino no dejaba nada al azar. Si había dejado aquel cabello, tal vez lo había hecho con una intención oculta.

"Hay algo más que deberías ver," dijo Isabelle, sacando un cuaderno de notas. "He estado investigando sobre antiguos rituales y cultos que usaban símbolos similares a los que hemos encontrado en las escenas de los crímenes. Algunos de estos grupos utilizaban símbolos como una forma de invocar a sus ancestros o de reclamar justicia en nombre de generaciones pasadas."

Blackburn observó el cuaderno con interés. "¿Crees que este asesino podría estar siguiendo algún tipo de... legado?"

"Es posible," respondió Isabelle, con una leve inclinación de cabeza. "No digo que crea en estas cosas, pero es innegable que estos símbolos guardan cierta semejanza con los rituales de antiguas sectas que desaparecieron hace siglos. Podría ser que el asesino esté recreando estos rituales para darle un sentido más oscuro y retorcido a sus acciones."

Blackburn no sabía si sentirse intrigado o desconcertado. Todo en aquel caso apuntaba a una mente compleja y obsesiva, alguien que no solo buscaba matar, sino que intentaba trascender a través de sus actos de violencia. Aquello lo inquietaba profundamente.

"Te necesito en este caso, Isabelle," declaró Blackburn de repente. "Tu habilidad para ver más allá de la evidencia común, para entender los detalles ocultos, puede ser lo que nos lleve hasta él."

Isabelle lo miró con una mezcla de sorpresa y determinación. "Será un honor ayudar en lo que pueda, detective."

Ambos intercambiaron una mirada cómplice, sabiendo que a partir de ese momento formaban un equipo en aquella oscura cacería. El reloj en la pared marcaba las horas con un tictac constante, recordándoles que el tiempo jugaba en su contra. Afuera, la luz del día comenzaba a desvanecerse, cubriendo a París con una penumbra que acentuaba el misterio y el peligro que se cernían sobre la ciudad.

Isabelle tomó una carpeta de la mesa y comenzó a leer en voz baja las anotaciones que había hecho sobre las últimas pruebas. Sus palabras parecían perderse en el silencio de la sala, pero para Blackburn, cada una de ellas era una nueva pieza en el enigma que intentaban resolver. Sabía que estaban ante un asesino despiadado, alguien que estaba dispuesto a jugar con ellos hasta el último segundo.

Capítulo 4: Primer Mensaje

La escena del crimen estaba en una de las áreas más exclusivas de París. El aire se sentía frío y denso mientras las luces de emergencia parpadeaban, iluminando las sombras en la vasta y antigua mansión de los Rousseau. John Blackburn caminaba entre el personal de investigación que aseguraba la escena, con la mirada fija en los detalles del entorno. La escena era perturbadora. El cuerpo de Lucien Rousseau yacía sin vida en el suelo de mármol, rodeado de un charco de sangre que había dejado manchas oscilantes como si fueran los remanentes de una danza final y sangrienta.

Isabelle Dupont llegó momentos después, con su habitual expresión de concentración, su mirada escudriñando cada centímetro del lugar. Saludó a Blackburn con un breve asentimiento antes de dirigirse hacia el cuerpo de Rousseau. Observó las heridas meticulosamente, las mismas marcas que habían encontrado en las víctimas anteriores. Sin embargo, algo nuevo y diferente había captado su atención.

"Detective," llamó Isabelle en voz baja, mientras señalaba una superficie de madera cerca del cuerpo. "Mire aquí."

Blackburn se acercó a la zona donde Isabelle señalaba. Grabado con precisión sobre una de las antiguas columnas de la habitación, había una inscripción extraña, apenas visible bajo la tenue luz de la escena del crimen. Las letras eran finas y elegantes, un trabajo hecho con la precisión y el control de alguien que había planificado cada trazo con cuidado. Las palabras estaban en latín.

"'Et mortuus erit rex in tenebris,'" murmuró Isabelle, susurrando la frase. Sus ojos se encontraron con los de Blackburn. "Significa algo así como 'Y el rey morirá en la oscuridad.'"

Blackburn frunció el ceño mientras intentaba procesar el significado detrás de aquellas palabras. Cada asesinato parecía esconder algo más allá del simple acto de matar; parecía un mensaje en sí mismo. "¿Es posible que esto sea un mensaje directo para alguien?" preguntó, observando la fría inscripción en la columna.

"Podría ser," respondió Isabelle, mirando nuevamente las palabras. "Es casi como si el asesino estuviera dejando fragmentos de una historia, como si quisiera que siguiéramos una especie de... narrativa macabra."

Ambos permanecieron en silencio, observando aquella frase grabada en la columna. Las preguntas parecían acumularse en la mente de Blackburn, y cada respuesta se sentía tan lejana como el final de un interminable corredor oscuro. Entonces, Isabelle continuó su inspección, deteniéndose sobre un pliego de papel que se encontraba junto al cuerpo.

"Esto no estaba aquí cuando llegamos," dijo Isabelle, recogiendo el papel con sumo cuidado. Las palabras estaban escritas en una caligrafía antigua, con tinta negra y gruesa, lo que le daba un aire de documento prohibido.

Blackburn lo leyó en voz baja: "'La caída de la oscuridad no será olvidada por aquellos que viven en la luz. Quien ha olvidado pagará el precio con la misma moneda de la traición.'"

El peso de aquellas palabras colgaba en el aire como una amenaza. Era evidente que el asesino había planificado cada detalle, y aquel mensaje era un desafío directo, una especie de burla dirigida a quienes intentaban desentrañar sus crímenes.

Isabelle frunció el ceño mientras estudiaba la nota con minuciosidad. "Hay un patrón aquí, detective. No solo en las palabras, sino en la forma en que el asesino parece construir una especie de historia."

"¿Qué estás pensando?" preguntó Blackburn, sin apartar la vista de la nota.

"Estos mensajes parecen seguir una lógica propia. No puedo asegurarlo todavía, pero... es como si el asesino estuviera representando una especie de tragedia. Cada muerte, cada mensaje, parece un acto de un teatro oscuro," explicó Isabelle, mientras sus dedos recorrían las letras escritas con una calma perturbadora.

Blackburn sintió un escalofrío recorriéndole la espalda. "¿Crees que podría haber una conexión entre las víctimas más allá de su relación con Sinclair? Quizá algo... simbólico."

Isabelle asintió lentamente. "Es probable. Este asesino no actúa por impulso. Cada asesinato, cada símbolo, y ahora estos mensajes, todos parecen tener un propósito."

Mientras analizaban la nota, un oficial de policía se acercó para informarles que habían encontrado algo más en una de las habitaciones adyacentes. Blackburn e Isabelle lo siguieron, adentrándose en el oscuro corredor que llevaba a una pequeña biblioteca. Al entrar, se dieron cuenta de que había una mesa en el centro de la habitación, sobre la cual reposaban varios libros antiguos, abiertos en páginas específicas.

Isabelle tomó uno de ellos, y notó que estaba marcado en una página que hablaba sobre antiguos rituales de purificación en la época medieval. Los ojos de Blackburn se estrecharon al leer algunas de las anotaciones al margen, escritas en la misma caligrafía que el mensaje anterior.

"Esto es parte del mismo rompecabezas," murmuró Isabelle. "Cada libro parece hablar de algún tipo de sacrificio o ritual de venganza."

El detective asintió, sus pensamientos viajando a través de la información recolectada. Cada detalle lo llevaba más profundamente en una intrincada red de simbolismo y mensajes ocultos, pero aún no podía ver el patrón completo. Era como si el asesino estuviera jugando un juego, uno que había empezado hace mucho tiempo y en el que él y su equipo apenas comenzaban a participar.

Isabelle levantó otro de los libros, sus ojos iluminándose con una mezcla de fascinación y terror al leer el título en latín. "Esto... es un tratado sobre el juicio final, una especie de profecía sobre cómo la muerte llega a aquellos que han traicionado sus lazos más sagrados."

Blackburn se cruzó de brazos, observando cómo Isabelle revisaba cada uno de los tomos abiertos. "Entonces, el asesino cree que está llevando a cabo algún tipo de justicia. Pero ¿por qué ahora? ¿Y qué tienen que ver estos libros con los asesinatos?"

"Eso es lo que debemos descubrir," respondió Isabelle, cerrando el libro con cuidado. "Lo que está claro es que este asesino no actúa por simple impulso o venganza sin sentido. Esto parece más una ejecución sistemática, un ajuste de cuentas que está siguiendo una lógica retorcida y precisa."

De regreso a la sala principal de la escena del crimen, Blackburn revisaba nuevamente los elementos. Un conjunto de fotografías en blanco y negro estaban cuidadosamente dispuestas sobre una mesa en una esquina. Todas las imágenes mostraban a personas importantes de la alta sociedad de París, incluida una de Maxwell Sinclair. En cada foto había una marca similar a la de los cuerpos, un símbolo oscuro dibujado en la esquina inferior.

"Esto es un mensaje directo," dijo Blackburn, señalando las fotos. "El asesino está señalando a sus próximas víctimas, y Sinclair está en la lista."

Isabelle miró las fotos con detenimiento. "Si estamos en lo correcto, hay más personas en peligro. El asesino parece disfrutar dejándonos pequeñas pistas, dándonos suficiente para saber que el tiempo corre en nuestra contra."

"¿Qué sabemos de estos símbolos?" preguntó Blackburn, con la esperanza de encontrar una clave que les ayudara a descifrar aquel rompecabezas.

Isabelle sacó una carpeta con notas que había estado recopilando. "Muchos de estos símbolos tienen raíces en prácticas de antiguas sociedades secretas, pero aquí hay algo nuevo. Esta combinación específica de símbolos no aparece en ningún registro conocido. Es posible que el asesino esté usando un código que él mismo ha creado."

Ambos intercambiaron una mirada. Era una señal de que las cosas se estaban complicando aún más, y que cada nuevo descubrimiento solo los empujaba a un nivel más oscuro de aquella siniestra historia.

Justo en ese momento, el teléfono de Blackburn sonó. Era un mensaje, una breve notificación de un número desconocido. Al abrirlo, encontró una imagen: la misma inscripción en latín que habían encontrado en la columna del crimen, pero esta vez, escrita con sangre sobre una pared de piedra.

Isabelle observó la pantalla con horror y luego miró al detective, sus ojos reflejando una mezcla de incredulidad y preocupación.

"El asesino nos está observando, detective," dijo Isabelle, en un tono casi susurrante. "Y parece estar siempre un paso adelante."

Blackburn apretó el teléfono en su mano, sintiendo cómo la tensión se acumulaba en su pecho. El asesino no solo jugaba con ellos, sino que también los controlaba, guiándolos hacia el siguiente paso de un oscuro y mortal juego.

Capítulo 5: El Patrón Emergiendo

En la penumbra de la sala de reuniones de la comisaría, Blackburn se inclinó sobre la mesa, observando el cúmulo de fotografías, informes y diagramas que Isabelle había recopilado en un esfuerzo conjunto por desenmarañar el oscuro patrón de los crímenes. La presión en el aire era palpable, densa, y se entrelazaba con el leve aroma a papel y tinta de los informes. Las luces parpadeaban levemente, proyectando sombras inquietantes sobre los rostros de los pocos miembros del equipo reunidos, quienes mantenían una concentración implacable en las pruebas que hasta el momento habían conseguido reunir.

Isabelle Dupont estaba de pie junto a una pizarra blanca, señalando con un bolígrafo rojo las conexiones que ya habían logrado establecer entre las víctimas. Cada línea trazada apuntaba a una misma dirección: los Sinclair. La familia que parecía brillar con una luz propia en el entramado empresarial y social de París, pero que ahora estaba teñida de un oscuro y sangriento vínculo con cada asesinato.

"Cada una de las víctimas tenía una conexión, directa o indirecta, con los Sinclair," comenzó Isabelle, su voz fría, metódica. Su dedo recorrió el rastro de líneas que unían nombres y rostros en la pizarra, cada línea revelando la sutil pero innegable vinculación con la familia.

Blackburn asintió, sus ojos recorriendo las fotografías una vez más. Ahí estaba Lucien Rousseau, prominente empresario cuya fortuna dependía en gran medida de las alianzas con las empresas de los Sinclair. Otro nombre, Claire Beauchamp, una conocida socialité que había estado involucrada en varios proyectos filantrópicos respaldados por Maxwell Sinclair. Todos muertos, cada uno marcado con aquel símbolo y, ahora, con un mensaje enigmático que parecía desafiar a quienes intentaban entenderlo.

"El asesino ha hecho todo esto con una precisión asombrosa," murmuró Blackburn, más para sí mismo que para los demás. "Cada muerte parece parte de un rompecabezas, y cada pista es una pieza que nos lleva hacia ellos."

"Hay algo más que deberías ver, detective," dijo Isabelle, sin perder el hilo. Se acercó a un archivador y sacó un conjunto de expedientes, colocándolos sobre la mesa ante Blackburn. "Cada uno de estos asesinatos sigue un intervalo casi meticuloso. Primero, cinco días, luego siete, y ahora diez. Como si estuviera escalando, como si el tiempo mismo fuera otra pieza en este rompecabezas macabro."

Blackburn observó en silencio, notando el patrón en la progresión temporal que Isabelle había identificado. Era un detalle alarmante, un indicio de que el asesino no solo estaba eligiendo sus objetivos, sino que parecía orquestar cada paso con una especie de disciplina ritual.

"¿Qué podemos deducir de este intervalo?" preguntó él, dirigiéndose al equipo mientras su mirada seguía fija en las fotos.

"Podría ser una señal de que se está preparando para algo más grande," respondió Isabelle, su tono apenas un susurro. "O quizás es un indicador de cuán cerca estamos de la próxima víctima. El hecho de que cada intervalo aumente sugiere que el asesino está jugando con nosotros, esperando ver si podemos alcanzarlo antes de que complete su... tarea."

La palabra "tarea" resonó en el ambiente con una frialdad tangible, y Blackburn sintió cómo su mandíbula se tensaba. Cada palabra, cada detalle, llevaba el sello de un plan, de una intención calculada, como si el asesino los estuviera guiando, obligándolos a seguir el rastro sin descanso. Pero ¿hacia qué objetivo?

En ese momento, el teniente Bisset entró en la sala con el ceño fruncido y un conjunto de documentos en la mano. "Acabamos de recibir información adicional sobre las relaciones de las víctimas con los Sinclair," dijo, colocando los archivos sobre la mesa. "Parece que algunos de ellos, en particular Lucien Rousseau y Claire Beauchamp, estuvieron involucrados en ciertos negocios oscuros que el público desconocía por completo. Al menos dos de ellos sirvieron como prestamistas privados para proyectos clandestinos de los Sinclair."

La mención de los "negocios oscuros" captó la atención de todos. Blackburn revisó los documentos con rapidez, notando cómo cada uno de esos negocios se había llevado a cabo con absoluta discreción, casi como si aquellos proyectos hubieran sido diseñados para nunca salir a la luz. Los Sinclair se mostraban como una familia intachable, pero aquellos documentos revelaban una faceta oculta, una que vinculaba cada muerte de una manera tan sutil como inquietante.

"Esto es más profundo de lo que imaginábamos," murmuró Blackburn. "Los Sinclair parecen tener secretos que alguien quiere exponer, y está utilizando estos asesinatos como un mensaje. Un mensaje que solo algunos pueden entender."

Isabelle observaba en silencio, sus dedos tamborileando sobre la mesa, como si sus pensamientos estuvieran alineándose con cada pieza del rompecabezas. "Maxwell Sinclair siempre ha sido visto como el pilar de la familia," comentó en voz baja, casi como si hablara consigo misma. "Pero es evidente que alguien quiere arrastrarlo al centro de este juego... o destruirlo."

El teléfono de Blackburn sonó, interrumpiendo el tenso silencio de la sala. La llamada venía de una línea anónima, y por un momento dudó si debía responder. Finalmente, alzó el teléfono y contestó, consciente de que algo en aquella llamada le erizaba la piel.

"Detective Blackburn," dijo, su voz impregnada de un tono de alerta.

La voz al otro lado era grave, apenas un susurro distorsionado, pero reconocible. "El reloj sigue corriendo, detective," dijo la voz, cada palabra emitiendo una especie de eco sombrío. "Tic-toc, tic-toc. Pero el final no será como lo imagina. Los Sinclair serán los siguientes, y usted no puede detenerme."

La línea se cortó, dejando un eco inquietante en el oído de Blackburn. Al levantar la vista, se encontró con la mirada expectante de Isabelle y del resto del equipo, quienes parecían haber sentido la amenaza latente en aquella breve llamada.

"El asesino está escalando," dijo Blackburn, tratando de controlar la adrenalina que corría por sus venas. "Y ahora va directo hacia los Sinclair. Esto es una cacería, y ellos son el último objetivo."

Bisset soltó un suspiro frustrado. "Entonces, si esto continúa al ritmo que hemos observado, no tenemos mucho tiempo antes de que ataque de nuevo. Necesitamos reforzar la seguridad alrededor de Maxwell Sinclair y sus allegados."

Isabelle asintió, revisando las notas en la pizarra. "Si el asesino está siguiendo algún tipo de orden específico, Maxwell es el objetivo final. Pero también podría ir tras cualquier miembro de su círculo cercano."

Blackburn se inclinó hacia adelante, sus ojos brillando con determinación. "Nos vamos a anticipar. Si el asesino quiere llegar a los Sinclair, tendrá que pasar primero por nosotros. Aumentaremos la vigilancia y asignaremos agentes encubiertos. No puede saber que estamos cerrando el cerco."

A lo lejos, la ciudad de París continuaba con su vibrante ritmo, ajena a la oscura trama que se desarrollaba en sus entrañas. Pero en esa pequeña sala de la comisaría, Blackburn y su equipo sentían que cada segundo contaba, que cada nuevo dato podía ser la diferencia entre la vida y la muerte.

Isabelle observó la pizarra una vez más, sus pensamientos alineándose con cada nueva pieza del rompecabezas. "Detective, el asesino ha dejado pistas para que podamos entender su mensaje. Pero si realmente nos está guiando hacia los Sinclair, es posible que esté planeando un acto final que va más allá de simplemente exponer sus secretos. Quizá sea... una declaración pública."

Las palabras de Isabelle resonaron en la mente de Blackburn, y un súbito entendimiento comenzó a formarse en su mente. Cada asesinato era un mensaje, pero también un acto de teatralidad siniestra. Y si los Sinclair eran el objetivo final, entonces aquella serie de crímenes podría culminar en una tragedia que sacudiría los cimientos de toda la ciudad.

Finalmente, con una mirada de determinación en sus ojos, Blackburn dio la orden a su equipo. "Nos movemos ahora. No tenemos margen para errores. Si hay algún patrón que hayamos pasado por alto, ahora es el momento de descubrirlo."

Cada miembro del equipo asintió, consciente de la importancia del momento. La presión aumentaba, y el tiempo jugaba en su contra. París, la ciudad de las luces, se encontraba al borde de una noche oscura que, si no lograban descifrar, podría acabar con una de sus familias más influyentes sumida en las sombras de la muerte y el escándalo.

Blackburn sabía que debían actuar rápido, y que cada segundo era crucial. Sin embargo, en el fondo de su mente, un pensamiento inquietante permanecía: el asesino había estado siempre un paso adelante. Si continuaban siguiendo su rastro, tal vez solo estaban avanzando hacia una trampa cuidadosamente diseñada.

Capítulo 6: Detrás de la Máscara

El aire denso y gélido de la biblioteca de los Sinclair llenaba el ambiente mientras Blackburn repasaba los documentos que Isabelle había conseguido de los archivos confidenciales. La historia de la poderosa familia estaba cargada de secretos, de vínculos oscuros que pocos habían conocido, y mucho menos cuestionado. En el reflejo de las lámparas de bronce y madera tallada, el detective podía ver la sombra de un poder antiguo, casi medieval, un poder que la familia Sinclair ejercía con manos de hierro, pero sin rastro visible.

Isabelle, sentada frente a él, hojeaba un archivo antiguo, cada página crujía con la textura de los años. Su mirada fija en la información, atrapada entre la fascinación y la repulsión por lo que leía. Desde operaciones financieras cuestionables hasta influencias en esferas políticas de varios países, los Sinclair habían tejido una red de control y dominio que extendía sus tentáculos más allá de Francia. Pero no eran esas conexiones públicas lo que realmente llamaba la atención de Isabelle. Era algo más, algo enterrado en los detalles minuciosos de las transacciones y las notas marginales en los contratos.

"Es curioso," murmuró Isabelle, "cada década, los Sinclair parecen haber cubierto un escándalo, algo que se insinuaba en la prensa, pero que luego se disipaba como niebla. Casos de corrupción, desapariciones de empleados que sabían demasiado... y después, el silencio."

Blackburn frunció el ceño, observando el árbol genealógico de la familia. Desde Maxwell Sinclair hasta los miembros menos conocidos, cada nombre parecía estar envuelto en una bruma de secretos inconfesables. Cuanto más profundizaba, más evidente se volvía que el asesino no solo tenía algo contra esta familia, sino que conocía cada una de sus faltas.

"¿Crees que nuestro asesino tiene alguna conexión directa con ellos?" preguntó Blackburn, observando la reacción de Isabelle.

"Es posible. Quizás alguien que fue perjudicado de alguna manera o... que considera a esta familia como una amenaza," respondió Isabelle, sus ojos analizando cada línea en los documentos. "O quizás alguien que siente que tiene una deuda de justicia con el mundo."

Un teléfono sonó en la penumbra. Isabelle contestó, asintiendo en silencio mientras escuchaba. Colgó con una mirada de alerta en su rostro. "La familia Sinclair está organizando una cena de gala esta noche," le informó a Blackburn. "Maxwell Sinclair ha convocado a figuras de alto perfil, empresarios, políticos, y otras familias de la aristocracia. Parece la ocasión perfecta para un nuevo ataque."

Blackburn se tensó. La posibilidad de que el asesino hiciera su próximo movimiento en una reunión pública y rodeado de figuras de poder era precisamente el tipo de juego psicológico que un asesino calculador disfrutaría. Era un desafío, una prueba para ver si la policía se atrevería a intervenir en un evento de esa magnitud sin pruebas claras.

La noche descendió sobre París con una elegancia que contrastaba con la tensión que se respiraba en las calles cercanas a la residencia Sinclair. Luces deslumbrantes y automóviles de lujo desfilaban hacia el imponente edificio, cuyas torres góticas se erguían como guardianes sombríos. En el interior, los invitados vestían trajes impecables y vestidos de alta costura, conversando y riendo en un ambiente aparentemente despreocupado.

Isabelle se movía entre la multitud con la habilidad de alguien que sabía cómo pasar desapercibida, mientras Blackburn permanecía en el borde de la sala principal, observando cada detalle, cada rostro, buscando algo, cualquier cosa que rompiera con la armonía calculada de la escena. Los Sinclair, impecables en su papel de anfitriones, recibían a cada invitado con sonrisas corteses. Maxwell Sinclair, alto y sereno, irradiaba una calma que no parecía conocer interrupciones. Pero a Blackburn no se le escapaba la tensión en sus ojos, un brillo que sugería que el patriarca estaba consciente de que aquella gala podría terminar en tragedia.

Desde su posición en el balcón superior, Isabelle podía ver la disposición de la sala, las entradas y salidas, y cada una de las posibles rutas de escape. Notaba los movimientos precisos de la seguridad de la familia, cada guardia colocándose estratégicamente alrededor de la sala principal. Maxwell parecía haber tomado precauciones adicionales, como si previera que la amenaza estaba a solo un paso de distancia.

Sin embargo, el asesino parecía haberse adelantado a cada una de esas medidas de seguridad, y Blackburn lo sabía. Se respiraba una atmósfera cargada, algo imperceptible para los invitados, pero tangible para quienes sabían lo que estaba en juego aquella noche.

"¿Lo sientes?" murmuró Isabelle cuando pasó junto a Blackburn en un momento fugaz, casi como un susurro en medio de la multitud.

"Sí," respondió él, sin apartar la vista de Maxwell Sinclair, quien ahora levantaba su copa para brindar.

El sonido de las copas chocando y las risas de los invitados resonó en el amplio salón, como una marea que cubría cualquier indicio de tensión. Maxwell comenzó a hablar, agradeciendo la presencia de sus amigos y colegas, asegurándoles que aquella velada sería inolvidable. Pero las palabras de Maxwell parecían tener un doble sentido, una promesa que pocos percibían. Cada frase pronunciada por él contenía una seguridad casi desafiante, como si intentara invocar una protección que sabía que no tenía.

Fue entonces cuando Isabelle notó algo inusual en el extremo opuesto del salón. Una figura solitaria, vestida con un traje oscuro y un antifaz, permanecía en la sombra, sus ojos fijos en Maxwell. La figura se desplazaba con calma, una presencia anónima entre la multitud festiva. Blackburn, al percibir la dirección de la mirada de Isabelle, captó también la presencia de la misteriosa figura.

Sin pensarlo dos veces, comenzó a avanzar, cruzando la sala entre los invitados, mientras la figura enmascarada se deslizaba hacia una puerta lateral. Isabelle lo siguió, sus pasos rápidos y silenciosos, intentando no perder de vista al desconocido.

A través de un pasillo oscuro, la figura desapareció en una puerta que conducía al ala oeste de la mansión. Blackburn e Isabelle, ahora conscientes de la posibilidad de una trampa, intercambiaron una mirada y avanzaron en silencio, siguiendo el leve eco de pasos que se desvanecían en el laberinto de corredores.

"Esto no es bueno," susurró Isabelle, sus ojos agudos escaneando el área. La mansión Sinclair, con sus paredes de madera antigua y cuadros de antepasados vigilando desde las paredes, creaba una atmósfera asfixiante, un testimonio mudo de generaciones de secretos que susurraban en cada rincón.

Finalmente, llegaron a una habitación en penumbra, sus pasos ralentizándose al entrar. La figura enmascarada se había desvanecido, pero en el centro de la habitación había algo que detuvo sus corazones: sobre una mesa, un elegante cuchillo de plata estaba clavado en una carta, cuya tinta roja goteaba lentamente, formando un charco en la superficie de la madera pulida.

Blackburn se acercó, observando la carta que llevaba el nombre de Maxwell Sinclair en letras cuidadosamente delineadas, pero lo que realmente llamó su atención fueron las palabras escritas debajo del nombre: "No puedes ocultarte de tus pecados. Nos veremos pronto."

La mirada de Blackburn y la de Isabelle se encontraron en la penumbra. Era una advertencia, una declaración directa que mostraba cuán cerca estaba el asesino, jugando con ellos en el mismísimo corazón de la fortaleza de los Sinclair.

Un ruido a sus espaldas los hizo girarse rápidamente, pero solo encontraron la puerta de la habitación entreabierta, balanceándose suavemente, como si alguien hubiera salido apresuradamente. La figura había desaparecido en el laberinto de la mansión, dejando atrás una sensación de amenaza inminente y la certeza de que la cena de gala era solo el preludio de algo aún más oscuro.

Con la carta en mano, Blackburn sabía que el asesino estaba allí, observando, esperando el momento perfecto para atacar de nuevo.

Capítulo 7: La Cena Fatal

El gran salón de la mansión Sinclair brillaba bajo la luz de las arañas de cristal, cuyo reflejo bañaba las paredes en un resplandor dorado. Las copas de champán se alzaban, las risas se elevaban entre los murmullos de las conversaciones, y el aire se llenaba del aroma de los platillos delicadamente preparados. La cena de gala estaba en su apogeo. Maxwell Sinclair, impecable en su papel de anfitrión, recorría la sala, estrechando manos y compartiendo palabras amables con sus ilustres invitados. Blackburn e Isabelle, dispersos en el salón, vigilaban cada movimiento, cada gesto, conscientes de que el asesino podía estar entre ellos, camuflado bajo una máscara de sofisticación.

La música suave de fondo se detenía a intervalos, permitiendo que el murmullo de las conversaciones se destacara por un instante antes de retomar el ritmo. Isabelle notaba la manera en que los Sinclair, sobre todo Maxwell, mantenían una cautela sutil, como si fueran conscientes de la amenaza que se cernía sobre ellos. Sin embargo, el patriarca se esmeraba en mantener una fachada de serenidad, mientras Natalie, su hija, parecía menos capaz de disimular la tensión que atravesaba su postura y se reflejaba en su rostro.

La tranquilidad aparente fue rota abruptamente cuando una figura irrumpió en el salón. La mujer, vestida con un vestido largo de un color carmesí intenso, gritó de horror, atrayendo las miradas hacia su dirección. Frente a ella, en el rincón más oscuro del salón, yacía el cuerpo inmóvil de un hombre, un miembro respetado de la aristocracia parisina, conocido por sus conexiones con la familia Sinclair. El silencio se apoderó del lugar. Los rostros de los asistentes se transformaron en máscaras de incredulidad y temor. La cena de gala, aquella noche que debía ser de celebración, se había convertido en el escenario de un nuevo asesinato.

Blackburn se abrió paso entre la multitud, su mirada fija en el cadáver, evaluando cada detalle de la escena mientras se agachaba junto al cuerpo. Isabelle, que había llegado junto a él, notó la forma en que el hombre había sido atacado: un corte limpio en el cuello, una precisión casi quirúrgica, como si el asesino hubiera planeado cada movimiento con una calculada frialdad. Su vestido de etiqueta parecía fuera de lugar en medio de la tensión, pero su mente funcionaba a toda velocidad, analizando el estado del cadáver, cada posible pista.

Los guardias de seguridad comenzaron a cerrar las puertas, mientras los invitados murmuraban en pánico, exigiendo respuestas. Maxwell Sinclair apareció a un lado de Blackburn, su rostro pálido pero manteniendo una compostura imperturbable. "¿Cómo pudo pasar esto, detective?" murmuró, con una mezcla de rabia y horror en su tono.

Blackburn se levantó lentamente, sus ojos afilados recorriendo la sala y luego volviendo a Maxwell. "El asesino estaba aquí, entre nosotros. Ha estado planeando esto desde el principio. No es una coincidencia que atacara en el evento más importante de la familia Sinclair."

Mientras Maxwell se esforzaba por mantener la calma, Isabelle examinaba la escena más de cerca, observando la posición del cuerpo y las huellas de sangre en el suelo. Con un leve gesto, le indicó a Blackburn que se acercara. "Hay algo peculiar aquí", susurró. "Mira cómo está colocado el cuerpo. Es casi... ceremonial."

Blackburn observó el patrón de sangre que formaba un semicírculo alrededor de la cabeza del difunto, y de inmediato su mente comenzó a enlazar conexiones. "Está dejando un mensaje. Quiere que sepamos que no es un simple asesinato, que hay un propósito detrás de esto."

Maxwell, que había escuchado las palabras de Isabelle, se giró hacia ella con una expresión de desconcierto. "¿Qué quiere decir con ceremonial? ¿Está diciendo que esta muerte fue... simbólica?"

Isabelle asintió lentamente, observando cada reacción de Maxwell, buscando señales que pudieran delatar más de lo que Maxwell quisiera. "Es probable que el asesino esté ejecutando un plan, tal vez una venganza contra quienes considera culpables de algo que aún desconocemos."

Los invitados, agrupados en una esquina del salón, parecían ser conscientes del peligro que les rodeaba. Maxwell se giró hacia su jefe de seguridad, ordenando que revisaran cada entrada y salida, asegurándose de que nadie pudiera escapar. "Quiero que encuentren al responsable de esto", dijo en un tono que no dejaba lugar a dudas. Pero Maxwell sabía que aquella orden no resolvería nada, y Blackburn lo intuía también. El asesino estaba jugando con ellos, estaba un paso adelante, desafiándolos con cada movimiento.

Blackburn e Isabelle se separaron para investigar el salón en busca de pistas adicionales. Isabelle, mientras analizaba la escena, descubrió una pequeña nota de papel en la mano del difunto. La tinta estaba parcialmente manchada de sangre, pero aún podía leerse un mensaje enigmático: "La deuda se paga en sangre".

Isabelle levantó la nota para que Blackburn la viera. Él entrecerró los ojos, reflexionando. "Parece que el asesino tiene una motivación personal en contra de la familia Sinclair o aquellos asociados a ellos. Esto no es solo un asesinato; es una declaración."

Isabelle asintió, todavía sosteniendo la nota. "La deuda se paga en sangre... La frase sugiere una ofensa, algo que los Sinclair hicieron en el pasado que este asesino está empeñado en exponer y castigar."

Mientras el equipo de seguridad revisaba a los invitados y la escena se mantenía sellada, una agitación creció entre la multitud. Alguien gritó en la esquina, señalando hacia el vestíbulo. Blackburn e Isabelle se giraron al unísono y comenzaron a correr hacia el origen del pánico.

Al llegar, encontraron una segunda víctima. Esta vez, el cuerpo pertenecía a una joven de la élite parisina, otra amiga cercana de la familia Sinclair. La misma marca, la misma precisión en el corte de su cuello. Era claro que el asesino había logrado moverse entre los invitados, eliminando a su segunda víctima mientras todos seguían enfocados en la primera.

El salón entero se llenó de un miedo palpable. Maxwell, quien hasta ese momento había mantenido una apariencia de control, perdió la compostura, su voz firme se convirtió en un grito de desesperación. "¡Encuentren al maldito asesino!" rugió, mientras los invitados se dispersaban, algunos con lágrimas, otros con el rostro pálido de terror.

Blackburn sabía que el caos estaba jugando a favor del asesino, pero aún no podía descifrar cómo había logrado moverse tan fácilmente entre la multitud sin ser visto. Volvió hacia Isabelle, quien continuaba observando el cuerpo de la segunda víctima con la misma minuciosidad que había mostrado antes.

"Esta cena era su oportunidad para exhibir su poder, para demostrar que puede atacar en cualquier momento y lugar," murmuró ella, sin apartar la vista del cadáver.

Blackburn asintió, comprendiendo la lógica detrás de cada paso del asesino. "Está enviando un mensaje, no solo a los Sinclair, sino a todos nosotros. Quiere que sepamos que no hay lugar seguro, ni siquiera en el corazón de su propio hogar."

La noche avanzaba y la situación se volvía más sombría a cada momento. La cena de gala, que había comenzado como una celebración de poder y riqueza, ahora se tornaba en una pesadilla para todos los asistentes. Los invitados, rodeados de guardias de seguridad que Maxwell había ordenado duplicar, comenzaban a cuestionar sus propias decisiones, sus propias lealtades. El miedo y la paranoia se apoderaron de la elite parisina.

Isabelle tomó un respiro profundo, sus ojos oscuros reflejando la determinación que siempre llevaba consigo. "No podemos permitir que el asesino siga jugando con nosotros de esta manera," dijo, su voz baja pero cargada de una resolución inquebrantable.

Blackburn asintió, compartiendo su frustración y su empeño por resolver el caso antes de que otra vida fuera cobrada. Sabía que aquella noche no encontraría descanso, ni él ni Isabelle ni ninguno de los invitados, pues la cena de gala había marcado un punto de no retorno en la caza del asesino.

En ese instante, el jefe de seguridad apareció detrás de ellos, informándoles que la propiedad había sido asegurada y que nadie podía salir sin ser registrado. Pero Blackburn sabía que, con un asesino tan escurridizo y metódico, aquellas medidas podían resultar insuficientes.

Capítulo 8: Revelaciones

Las primeras horas después del brutal asesinato en la gala de los Sinclair dejaron una atmósfera densa y enrarecida en la imponente mansión. La familia estaba aún en shock, pero la necesidad de respuestas era más fuerte que el dolor. En un salón privado, con las ventanas abiertas para permitir la entrada de la fría brisa nocturna de París, Blackburn y Dupont se encontraban sentados frente a Maxwell Sinclair y su hija Natalie. Era el momento de desenmascarar las historias que tanto Maxwell como su familia habían guardado en secreto, con la esperanza de encontrar algún indicio que los ayudara a resolver el caso.

Natalie parecía reacia al principio, sus manos temblaban levemente mientras buscaba el valor necesario para hablar. Maxwell, siempre imponente y altivo, ahora proyectaba una vulnerabilidad inusual. La culpa y el temor se reflejaban en sus ojos, pero no había otra opción. De pie junto a la chimenea, Maxwell suspiró profundamente antes de hablar.

—Hace muchos años —comenzó Maxwell, con voz grave— nuestra familia sufrió una traición que juré jamás mencionar. Fue un momento oscuro, y siempre pensé que si lo enterrábamos, si lo olvidábamos, las consecuencias no nos alcanzarían. Pero ahora... —sus palabras se quebraron por un instante— parece que alguien más ha desenterrado esos viejos recuerdos.

Blackburn mantuvo su mirada firme en el patriarca de los Sinclair, dándole el espacio necesario para hablar, pero presionando con el silencio que le exigía respuestas. Dupont, mientras tanto, observaba a Natalie. Había algo en la postura de la joven, en sus manos entrelazadas con tanta fuerza que sus nudillos estaban pálidos, que sugería que ella también conocía algo.

—¿A qué se refiere, señor Sinclair? —inquirió Blackburn.

Maxwell cerró los ojos un momento, su mente viajando a un pasado que preferiría haber dejado atrás.

—Había un hombre —dijo finalmente—, Étienne Marchand. En su tiempo, fue un gran amigo de la familia. Pero algo ocurrió entre nosotros... algo que destrozó esa amistad. Lo traicionamos, aunque en ese momento parecía que no había otra opción. Étienne juró que su familia pagaría por la deslealtad. Lo último que supe de él fue que huyó del país, su vida destrozada, su reputación hecha trizas.

El nombre parecía resonar en el ambiente, llenando cada rincón de la sala. Dupont entrecerró los ojos, asimilando la información, tratando de conectar las piezas de este nuevo rompecabezas.

—¿Qué clase de traición? —preguntó Blackburn con una frialdad que incomodó a Maxwell, pero era necesario que hablara sin reservas.

—Étienne fue acusado de espionaje. La evidencia en su contra lo señalaba como el responsable de vender secretos comerciales y gubernamentales a empresas extranjeras. En realidad, esos cargos fueron fabricados. Nos aseguramos de que quedara como culpable, y con eso protegimos a nuestra empresa de una competencia feroz... pero condenamos a un hombre inocente.

Natalie, que había estado en silencio, finalmente levantó la vista, y sus ojos azules, intensos, se encontraron con los de Dupont.

—Yo era muy pequeña, apenas recuerdo esos días, pero siempre sentí que había algo oscuro en nuestra familia, algo que mis padres trataban de ocultar —confesó Natalie, su voz apenas un susurro—. Años después, cuando pregunté, mi madre me habló de Étienne. Me dijo que era un amigo de la familia que había hecho algo terrible, y que nosotros solo lo habíamos apartado por nuestra seguridad.

La tensión en el aire era palpable. Dupont sintió que había algo más en las palabras de Natalie, algún fragmento de información que quizás ella misma desconocía o había reprimido. Al darse cuenta de que los Sinclair aún guardaban ciertos detalles, su intuición le decía que debía presionar un poco más.

—Natalie, —intervino Dupont suavemente— ¿alguna vez escuchaste algo sobre posibles represalias? ¿Alguna vez tuviste la sensación de que alguien estaba observando a tu familia?

Natalie asintió, temblorosa. Sus ojos se llenaron de sombras al recordar.

—Recuerdo una carta —dijo, con voz entrecortada—, llegó hace algunos años, en la que alguien nos acusaba de haber destruido su vida. Decía que nunca nos perdonaría y que algún día pagaríamos el precio. Mis padres me dijeron que solo era una amenaza sin importancia, algo que alguien con rencor podría escribir… Pero ahora, con lo que ha ocurrido, no puedo dejar de pensar que todo está conectado.

Blackburn asintió lentamente, sus pensamientos trabajando a toda velocidad. Ahora tenían un nombre y un motivo claro. Étienne Marchand, o alguien cercano a él, parecía estar detrás de estos asesinatos. La venganza, tan cuidadosamente ejecutada, apuntaba a una mente que no había olvidado la traición.

—Necesitamos toda la información posible sobre Marchand —dijo Blackburn, dirigiéndose a Dupont—. Sus familiares, sus amigos, cualquier persona que tuviera algún tipo de vínculo con él. Quizás no fue él quien volvió para cobrar venganza, pero alguien tomó la antorcha en su nombre.

Dupont asintió y anotó rápidamente el nombre de Marchand en su libreta. Maxwell, notando el peso de las palabras del detective, se recostó en su asiento, visiblemente envejecido por la culpa que se había mantenido oculta durante tanto tiempo.

—Debí haberlo previsto… —murmuró Maxwell, en voz baja, más para sí mismo que para los demás—. Pensé que el tiempo borraría cualquier rastro, que el olvido sería suficiente.

El silencio en la habitación era impenetrable, cada persona sumida en sus propios pensamientos. Blackburn se levantó y se dirigió hacia la puerta, sus pasos resonando en el suelo de mármol. Al detenerse, miró a Maxwell, quien apenas lograba sostenerle la mirada.

—No se puede enterrar el pasado, señor Sinclair. Tarde o temprano, todo vuelve.

Maxwell solo pudo asentir. Consciente de que el precio de sus decisiones había empezado a cobrar vidas, y que su familia estaba atrapada en una red de la que parecía imposible escapar.

Dupont, siguiendo a Blackburn, observó por última vez a Natalie, quien permanecía en silencio, atrapada entre la lealtad a su familia y el horror de lo que ahora era imposible de ignorar.

Mientras salían de la mansión, Blackburn y Dupont intercambiaron una mirada cargada de gravedad. Sabían que este nuevo conocimiento complicaba todo el caso, pero también les daba una dirección clara. Necesitaban encontrar a cualquiera que hubiera tenido contacto con Marchand después de aquella traición. Si esta venganza había surgido de las cenizas de una vida destruida, aún quedaba mucho por desenterrar.

Aferrándose a ese último pensamiento, Blackburn se giró hacia Dupont.

—Es hora de entrar en la mente de Marchand o de quien esté detrás de esto. Si creemos que entendemos la motivación de estos crímenes, podemos anticiparnos. Si Étienne no está detrás, alguien más ha recogido su legado, y eso lo hace aún más peligroso.

Dupont asintió, sintiendo un escalofrío recorriéndole la espalda. La verdad era más oscura y profunda de lo que ambos habían previsto, y ahora sabían que se enfrentaban a alguien que no tenía límites, alguien dispuesto a hacer lo necesario para cobrar una deuda antigua.

Capítulo 9: Cazador y Cazado

La nota llegó al amanecer, envuelta en un sobre negro que destacaba siniestro en medio de las cartas del día. Había sido entregada directamente en la comisaría, burlando a la seguridad y plantando un mensaje claro: el asesino los estaba observando y podía alcanzarlos en cualquier momento.

Blackburn se quedó contemplando el sobre en silencio, sintiendo la presencia amenazante de cada palabra antes de abrirlo. A su lado, Dupont miraba con el ceño fruncido. El papel, cuando lo desplegó, era de un blanco pulcro y liso, sin marcas ni indicios de una posible procedencia. En el centro, escrito en letras elegantes y finas, el mensaje era claro, casi retador:

"¿Podrán alcanzarme, detective? ¿Podrán desentrañar lo que yace en las sombras antes de que vuelva a golpear? Cada paso que tomen los acercará más... y también los pondrá más en peligro."

Dupont sintió un escalofrío mientras leía. No era el primer mensaje que el asesino dejaba, pero este tenía una frialdad y una precisión que la desarmaron. Las palabras eran una provocación, un reto directo lanzado con la certeza de que su destinatario aceptaría el desafío.

—Este tipo nos está observando más de cerca de lo que pensamos —murmuró Dupont, sus ojos aún fijos en el papel, como si tratara de leer entre las líneas—. Sabe que estamos tras él, y le divierte.

—Sí —replicó Blackburn, sintiendo la furia arremolinarse en su pecho—, y está disfrutando cada momento. No le basta con matar. Necesita este juego. Necesita que sintamos su presencia en cada rincón de este caso.

El mensaje fue remitido de inmediato al laboratorio de análisis, en busca de huellas o rastros que pudieran ayudar a identificar a su autor. Sin embargo, Blackburn tenía pocas esperanzas de que encontraran algo útil. El asesino había demostrado ser meticuloso y preciso, anticipándose a cada uno de sus movimientos. Esta era solo una parte más de su juego, un recordatorio de que él estaba un paso adelante.

A media tarde, los resultados del análisis confirmaron las sospechas de Blackburn: ni una sola huella, ni un indicio de ADN o rastro que permitiera una identificación. El asesino se había asegurado de borrar toda posible pista, dejando únicamente el mensaje en sí como una burla.

A pesar de la frustración, Blackburn y Dupont se sumergieron en el trabajo, revisando cada aspecto del caso, analizando los patrones, intentando anticipar el próximo movimiento del asesino. La tensión en el equipo aumentaba con cada hora que pasaba. Cada minuto perdido representaba una oportunidad para el asesino, un momento en el que podía estar planeando su siguiente ataque.

Mientras analizaban la última escena del crimen, Dupont sintió que el agotamiento comenzaba a apoderarse de ella. La presión era cada vez más intensa, y la incertidumbre, constante. Sin embargo, encontró en la presencia de Blackburn un apoyo silencioso, una estabilidad que la ayudaba a mantenerse enfocada.

—Estamos lidiando con alguien que no tiene prisa —murmuró Blackburn, rompiendo el silencio de su oficina—. Nos provoca porque sabe que puede controlar el ritmo. Nos controla a nosotros.

Dupont asintió lentamente. Había pasado semanas con los ojos clavados en cada pista, con la mente sumergida en cada pista fragmentada, y sentía que apenas habían arañado la superficie.

—Pero todos cometen errores —replicó ella, más como un recordatorio para sí misma que para Blackburn—. Incluso el asesino más meticuloso tiene que equivocarse en algún momento.

Ambos intercambiaron una mirada cargada de determinación. El asesino podía parecer invencible, pero eso no significaba que fuera intocable.

Esa noche, mientras analizaban nuevamente las fotos de la escena del crimen, una notificación en el móvil de Dupont captó su atención. Un mensaje había llegado desde un número desconocido, y al abrirlo, las palabras parecían arder en la pantalla:

"No deberías involucrarte tanto, Isabelle. Podrías salir lastimada."

La amenaza fue tan súbita que Dupont sintió que su corazón se detenía. Blackburn, notando el cambio en su expresión, le arrebató el teléfono de las manos y leyó el mensaje en silencio. La furia en sus ojos era palpable.

—Nos está observando más de cerca de lo que pensábamos —dijo él, con voz contenida—. Esto ya no es solo un juego de provocaciones.

Dupont intentó recuperar la calma, aunque el temblor en sus manos la traicionaba. Ahora, la amenaza se había vuelto personal, directa. No era solo una advertencia para detenerse, sino una insinuación de que el asesino podía alcanzarla en cualquier momento.

—Si piensa que esto me va a hacer retroceder, está equivocado —replicó ella, su voz cargada de una determinación férrea—. Esto solo me da más razones para atraparlo.

Sin embargo, ambos sabían que las palabras del asesino no eran vanas. Blackburn y Dupont estaban lidiando con alguien que había estudiado sus movimientos, sus métodos y sus debilidades. No podían permitirse errores.

Esa misma noche, decidieron revisar cada caso antiguo que tuviera relación con los Sinclair, cada detalle que pudieran haber pasado por alto en su afán de encontrar respuestas rápidas. Blackburn y Dupont se sumergieron en una montaña de archivos que narraban los últimos años de la poderosa familia, rastreando posibles conexiones y enemigos que pudieran haber sido olvidados con el tiempo.

Horas después, entre los papeles amarillentos y las fotos antiguas, encontraron un reporte de hace dos décadas. Era un caso menor, algo casi insignificante que en su momento apenas había ocupado unas líneas en los diarios: un incidente en una pequeña villa a las afueras de París. Allí, un antiguo empleado de los Sinclair había sido arrestado tras una disputa con Maxwell Sinclair, y aunque las autoridades habían dejado el asunto por terminado, el informe mencionaba algo interesante: el empleado, un hombre llamado Jules Bisset, tenía un hermano que también trabajaba para los Sinclair... Étienne Marchand.

—Jules Bisset... Marchand nunca trabajó solo. ¿Será que alguien más de su entorno ha decidido tomar venganza por su cuenta? —murmuró Dupont, con los ojos iluminados.

Blackburn asintió. Jules Bisset, el hermano de Marchand, había desaparecido poco después del incidente y nunca más se supo de él. La conexión era tentadora, pero también sugería que el asesino estaba mucho más cerca de los Sinclair de lo que habían pensado.

Antes de que pudieran discutirlo más, el teléfono de Blackburn sonó. Era una llamada anónima, con la misma voz distorsionada que habían escuchado en otras ocasiones. Pero esta vez, el mensaje era claro, y la amenaza, tangible.

—"Blackburn, Isabelle… están jugando un juego peligroso. Quizás es hora de que ambos consideren qué tan lejos están dispuestos a llegar."

El tono se cortó de inmediato, dejando una inquietud en el aire que se extendió como una sombra. Blackburn y Dupont se miraron, conscientes de que acababan de cruzar una línea invisible. Ya no eran solo cazadores; ahora también eran presa.

Capítulo 10: En la Mente del Asesino

La habitación estaba oscura, solo iluminada por la tenue luz de una lámpara de escritorio que proyectaba sombras alargadas en las paredes. Un hombre se sentaba en un viejo sillón de cuero, su mirada perdida en las imágenes que danzaban en su mente. Las memorias fluían como una corriente incesante, entrelazando momentos de su pasado con el presente de manera inquietante.

En la primera imagen, un niño de cabello rizado reía con su hermano mayor en un parque, la luz del sol dorando sus rostros. Era un día cualquiera, un momento inocente. Sin embargo, la imagen se desvaneció rápidamente, sustituyéndose por la escena de un jardín cubierto de flores marchitas, donde una familia, la familia Sinclair, reía y celebraba un cumpleaños. La risa se transformó en una melodía burlona que resonaba en la mente del hombre, llevándolo a recordar el día en que todo cambió.

El eco de su nombre resonaba en su mente: Jules. Fue un día de verano, cuando la inocencia fue arrebatada de sus manos. El recuerdo de una discusión familiar; su madre gritaba, su padre se mantenía en silencio, mientras que el rostro de su hermano, Étienne, estaba marcado por el desánimo. Jules nunca entendió por qué su familia había caído en desgracia, pero lo que más le dolía era ver la descomposición de su hogar, la pérdida de su orgullo y dignidad ante la familia Sinclair.

La familia Sinclair era una sombra omnipresente en su vida, un símbolo de lo que había sido y de lo que nunca podría volver a ser. Recorría las calles de París con el peso de la injusticia sobre sus hombros, preguntándose cómo podían vivir con tanta arrogancia, disfrutando de sus privilegios mientras su familia se desmoronaba. La rabia se transformó en veneno en su interior, una llama que nunca se apagó.

Su mente se desvió a otra escena: el oscuro callejón donde se había encontrado con un viejo amigo, un conocido de la infancia que había sido despedido de la casa Sinclair. Ese encuentro, una conversación casual, se tornó en un torrente de información. Hablaban de viejos rencores y de cómo los

Sinclair habían arruinado vidas, despojando a las personas de su dignidad. Fue allí donde Jules escuchó por primera vez el nombre de Maxwell Sinclair, el patriarca, un hombre cuyas decisiones habían marcado el destino de su familia y de muchos otros.

Los pensamientos de Jules se oscurecieron. El resentimiento creció en él como una planta venenosa. ¿Cómo podía dejar que aquellos que habían destruido su vida siguieran con la suya sin enfrentar las consecuencias? La idea se arraigó profundamente en su mente, convirtiéndose en un propósito: buscar justicia, aunque esta tuviera un precio doloroso.

Volvió al presente, observando la manera en que la luz de la lámpara iluminaba un diario desgastado que había pertenecido a su hermano. Cada página era un testimonio de las injusticias sufridas, un recordatorio de lo que habían perdido. Jules había comenzado a trazar un plan, una serie de acciones que culminarían en una venganza perfectamente orquestada. La mente de Jules se había convertido en un laberinto oscuro, donde cada decisión lo acercaba más a la inevitabilidad de su camino.

En su interior, había una lucha constante entre el niño inocente que había sido y el hombre consumido por el rencor que había llegado a ser. Mientras recordaba el sonido de las risas de los Sinclair, su determinación se volvía más fuerte. Aquel niño que había jugado despreocupadamente en el parque había muerto. En su lugar, había nacido un cazador que no se detendría ante nada.

La siguiente imagen lo transportó a un cuarto de hospital. Su madre yacía en la cama, frágil y enferma. La tristeza en su mirada lo atravesó como una flecha. La familia Sinclair había rechazado ayudarles en su momento de necesidad. Una vez más, el sentimiento de abandono y la rabia resurgieron en él. Su madre había luchado, pero al final, el peso de la desgracia la había derrotado. Esa imagen fue lo que lo llevó a tomar la decisión final: la venganza debía ser un arte, una coreografía perfectamente ejecutada que llevaría a los culpables a enfrentar su destino.

Volvió a ver a Isabelle y Blackburn, a quienes había estado observando de cerca. Ellos eran parte del sistema que había fallado a su familia, representantes de la ley que siempre estaban un paso detrás de él. Se imaginó observándolos, sintiéndose satisfecho al ver cómo intentaban desentrañar los secretos que había cuidadosamente tejido. La emoción que sentía era intoxicante; la idea de ser el maestro de un juego que se había estado preparando durante años lo llenaba de euforia.

Él no era solo un asesino. Era un artista que pintaba con la sangre de sus enemigos, que se deleitaba en el caos que había creado. El pensamiento de cada nueva víctima le traía una satisfacción que iba más allá del dolor. Cada asesinato era una forma de restaurar un equilibrio que había sido roto, de hacer justicia por aquellos que no podían hacerlo. Su mente elaboraba los detalles con precisión quirúrgica, recordando cada nombre, cada rostro.

En una esquina de la habitación, una vieja foto de él con su hermano lo observaba, como un eco del pasado. La imagen los retrataba felices, pero en el fondo, un mar de oscuridad comenzaba a formar la tormenta que se avecinaba. Jules sabía que la familia Sinclair nunca se detendría en su camino hacia el poder, pero él tampoco lo haría. Su mente se llenó de imágenes de venganza, de las miradas de horror en los rostros de aquellos que habían causado su sufrimiento. Cada uno de ellos debía rendir cuentas, y él sería el ejecutor de su destino.

A medida que el sol se ocultaba, la oscuridad se adueñó de la habitación. Jules se sintió invencible, y cada pensamiento se transformó en un impulso, una motivación que lo guiaba hacia su próximo objetivo. El ciclo de venganza había comenzado, y no habría tregua. La familia Sinclair pagaría por lo que le habían hecho, y él, Jules, se convertiría en su verdugo.

Capítulo 11: Rastreando las Pistas

La mañana en París amaneció con un cielo grisáceo, el aire fresco impregnado de un leve olor a lluvia inminente. Blackburn e Isabelle se encontraron en la comisaría, rodeados de papeles y mapas que documentaban cada detalle de la investigación. La tensión en la sala era palpable; cada pista era un rayo de esperanza, pero también un recordatorio del peligro que acechaba. Blackburn miró a Isabelle, su rostro iluminado por la luz del monitor. Estaba absorta en la pantalla, analizando las imágenes de las escenas del crimen.

—He encontrado algo —dijo Isabelle, rompiendo el silencio. Señaló una serie de fotografías. Una de ellas mostraba un objeto peculiar en la escena del asesinato. Era una pequeña medalla con el emblema de la familia Sinclair, un detalle que había pasado desapercibido en las primeras evaluaciones.

Blackburn se acercó, su mirada fija en la imagen. El corazón le dio un vuelco. Esa medalla era un indicativo claro: el asesino estaba enviando un mensaje, burlándose de ellos mientras los arrastraba más cerca de la verdad.

—¿Crees que esto es una firma del asesino? —preguntó Blackburn, sintiendo que la adrenalina comenzaba a correr por sus venas.

—Sin duda. Podría ser un símbolo de reconocimiento, algo que lo conecta directamente con la familia —respondió Isabelle, su voz tensa pero decidida—. Necesitamos hablar con los Sinclair sobre esto.

Mientras discutían el siguiente paso, Blackburn recordó la historia de los Sinclair, sus secretos y sus conexiones. Sabía que se adentrarían en un territorio peligroso al involucrar a esa familia.

—No creo que estén dispuestos a colaborar, especialmente después de lo que ocurrió en la cena de gala —dijo Blackburn, mirando a Isabelle a los ojos. Había algo en su mirada que reflejaba determinación, una chispa que le decía que no se detendrían ante nada.

—Tal vez, pero tenemos que intentar. Esta medalla puede ser la clave para desenmascarar al asesino —replicó Isabelle, apretando los puños sobre la mesa.

Decididos, se prepararon para salir. El clima parecía cambiar a su alrededor, un presagio de la tormenta que se avecinaba. Mientras caminaban por las calles de París, la ciudad cobraba vida. Los sonidos del tráfico y las voces de la multitud creaban un trasfondo que resonaba en sus oídos. Sin embargo, el aire cargado de tensión y la atmósfera de incertidumbre los envolvía como una niebla espesa.

El primer destino fue la mansión de los Sinclair, un palacio que se alzaba con majestuosidad en el corazón de la ciudad. Blackburn sintió un escalofrío recorrer su espalda al cruzar el umbral. La casa estaba impregnada de historia, pero también de secretos oscuros.

Al entrar, se encontraron con Maxwell Sinclair, el patriarca de la familia, cuya presencia emanaba autoridad y desdén. Su mirada evaluativa se posó sobre Blackburn e Isabelle, una mezcla de desconfianza y curiosidad.

—¿Qué los trae por aquí? —preguntó Maxwell, su voz profunda resonando en la amplia sala de estar.

—Necesitamos hablar sobre esta medalla —dijo Blackburn, mostrándole la fotografía—. La encontramos en la escena del asesinato de uno de sus asociados.

Maxwell frunció el ceño, sus ojos se estrecharon en un gesto de desdén.

—No sé de qué me habla. La familia no tiene nada que ver con esos crímenes.

Isabelle, sin embargo, no se dejó intimidar.

—Sabemos que esta medalla es un símbolo de su familia. Puede que esté conectada con el asesino. Necesitamos su cooperación para entender por qué ha sido utilizada —respondió, su voz firme y autoritaria.

Maxwell suspiró, visiblemente incómodo, y después de un momento de silencio, se cruzó de brazos.

—Nunca he visto esa medalla. Pero si quieren respuestas, tal vez deban hablar con mi hija, Natalie. Ella tiene una conexión más cercana con las personas involucradas —dijo, desviando la mirada hacia el ventanal.

La información dejó a Blackburn y a Isabelle intrigados.

—¿Dónde podemos encontrarla? —preguntó Blackburn, su voz cargada de expectación.

—En su estudio de arte, en Montmartre. Es un lugar donde suele pasar su tiempo —respondió Maxwell con indiferencia.

Agradecieron a Maxwell y se marcharon, el aire en la mansión pesado con un silencio incómodo. A medida que se alejaban, Blackburn no pudo evitar sentir que había más en la historia de los Sinclair de lo que estaban dispuestos a compartir.

La visita a Montmartre fue rápida, un trayecto que se sintió interminable. La colina, famosa por sus artistas y su vida bohemia, ofrecía un contraste llamativo con la atmósfera opresiva de la mansión Sinclair. Cuando llegaron al estudio de Natalie, encontraron un espacio desbordante de creatividad, con lienzos cubiertos de pinturas vibrantes y esculturas de formas abstractas.

Natalie, una joven de cabello largo y oscuro, los recibió con una sonrisa que se desvaneció rápidamente al ver la seriedad en sus rostros.

—¿Qué sucede? —preguntó, mirando de uno a otro, su expresión cambiando al instante.

Blackburn tomó la iniciativa.

—Necesitamos hablar contigo sobre tu familia y sobre una medalla que fue encontrada en la escena de un asesinato. Queremos saber si sabes algo al respecto.

La curiosidad se convirtió en preocupación en su rostro.

—He oído rumores de asesinatos, pero no tengo idea de lo que puede significar una medalla —respondió, su voz temblando ligeramente.

Isabelle se acercó, intentando calmarla.

—Es posible que esté relacionada con el asesino. Queremos entender qué conexión tiene tu familia con estas muertes —dijo, manteniendo un tono conciliador.

Natalie miró hacia el suelo, pensativa.

—Mi familia tiene enemigos, siempre los ha tenido. Pero, ¿por qué alguien usaría una medalla de la familia para cometer asesinatos? —susurró, como si hablara consigo misma.

—La medalla es un símbolo. Podría ser una forma de reconocimiento o un desafío. Es crucial que entendamos lo que está pasando —dijo Blackburn, presionando suavemente.

Natalie alzó la vista, su expresión llena de incertidumbre.

—Mi madre siempre decía que nuestra familia había traicionado a alguien en el pasado, pero nunca supe a quién se refería. Tal vez eso tenga algo que ver con esto. Lo siento, no puedo ayudarles más —dijo, angustiada.

La frustración inundó a Blackburn, pero sabía que debían seguir adelante. Se despidieron de Natalie y abandonaron el estudio.

Mientras caminaban de regreso, Blackburn sintió la presión del tiempo sobre ellos. Cada pista que encontraban parecía llevarlos más cerca de la verdad, pero también más cerca del peligro. El asesino no se detendría, y ellos estaban en su radar.

La noche cayó, y con ella llegó una nueva tormenta. La lluvia golpeaba los adoquines con fuerza, el sonido resonando como un presagio ominoso. Blackburn e Isabelle se refugiaron en una cafetería, sus rostros iluminados por la tenue luz de la lámpara.

—Cada vez que seguimos una pista, parece que estamos más lejos de encontrar al asesino —dijo Blackburn, pasando una mano por su cabello, sintiendo la tensión acumulada en su cuello.

—No podemos rendirnos. Cada pequeña pieza de información puede ser valiosa —respondió Isabelle, con determinación en su mirada.

Se quedaron en silencio por un momento, observando cómo la lluvia se deslizaba por la ventana. De repente, el teléfono de Blackburn vibró en su bolsillo. Al mirar la pantalla, su corazón se aceleró: era un mensaje del forense. "Hay un nuevo cuerpo. Encuentren el lugar".

El aire se volvió pesado de inmediato.

—¿Qué dices? —preguntó Isabelle, preocupada.

—Tenemos que ir. Este podría ser el siguiente paso para entender lo que está pasando —respondió Blackburn, levantándose rápidamente de la mesa.

Se lanzaron a la noche, la lluvia ahora cayendo con fuerza. La ciudad parecía cobrar vida, cada paso los acercaba más a una revelación escalofriante. Blackburn sintió la presión en su pecho, no solo por el caso, sino también por la conexión que iba creciendo con Isabelle. Sabía que cada decisión que tomaban podía tener consecuencias mortales.

Mientras se dirigían al nuevo lugar, Blackburn se preguntaba cuántas más pistas quedaban por seguir y cuántas más revelaciones aterradoras les aguardaban en las sombras de París. El asesino estaba siempre un paso adelante, y cada minuto que pasaban sin respuestas podría costarles la vida.

Capítulo 12: La Primera Confrontación

La noche en París estaba envuelta en una densa niebla que parecía tragarse las luces de la ciudad. Blackburn e Isabelle conducían a través de las calles desiertas, con el sonido del motor resonando en el silencio. La noticia del nuevo cuerpo había llegado como un golpe seco, y ahora se dirigían a un antiguo almacén en las afueras de la ciudad, un lugar conocido por sus conexiones con el submundo criminal. Mientras Blackburn revisaba las notas que había tomado, sintió la inquietud de Isabelle a su lado.

—¿Crees que realmente es un sospechoso? —preguntó Isabelle, su tono reflejando una mezcla de esperanza y desconfianza.

—Es lo que necesitamos pensar. Cualquier información que pueda darnos una pista sobre el asesino es valiosa —respondió Blackburn, manteniendo la mirada fija en la carretera. Pero la ansiedad también lo invadía; sabía que estaban entrando en un territorio peligroso.

El almacén se alzaba ante ellos como un monstruo oscuro. Las ventanas estaban sucias y cubiertas de polvo, y la puerta de entrada, de madera desgastada, crujió cuando Blackburn la empujó. El aire dentro del lugar era frío y húmedo, impregnado de un olor a moho y madera podrida. La luz escasa provenía de una bombilla parpadeante que colgaba del techo, creando sombras inquietantes que parecían moverse a su alrededor.

—Aquí es donde se informó del último cuerpo —dijo Isabelle, su voz un susurro mientras avanzaban con cautela.

La tensión en el ambiente era palpable, y Blackburn sintió cómo el corazón le latía con fuerza. Sabía que lo que estaban a punto de enfrentar podría cambiarlo todo. A medida que se adentraban más en el almacén, comenzaron a observar un grupo de hombres reunidos en la esquina. Sus rostros estaban iluminados débilmente por la luz de un faro en la distancia. Blackburn y Isabelle intercambiaron miradas, conscientes de que podrían estar a punto de entrar en una confrontación.

Se acercaron con precaución, manteniendo las manos cerca de sus armas. Blackburn sintió que la adrenalina comenzaba a fluir, y con cada paso, la tensión aumentaba. Cuando se encontraban a una distancia segura, uno de los hombres, un tipo robusto con un tatuaje serpenteante en su brazo, se dio cuenta de su presencia.

—¿Quiénes son ustedes? —preguntó con desdén, su mirada cortante como un cuchillo.

Blackburn dio un paso adelante, decidido a tomar el control de la situación.

—Somos de la policía. Necesitamos hablar contigo sobre la muerte de uno de tus asociados —respondió, su voz firme pero con un matiz de advertencia.

El hombre soltó una risa burlona, y los otros se unieron a él, creando un ambiente de hostilidad.

—¿Creen que pueden venir aquí y hacer preguntas? No tengo nada que decirles —dijo el hombre, cruzando los brazos y mirando a Blackburn y a Isabelle con desdén.

Isabelle se acercó un poco más, dispuesta a intentar suavizar la situación.

—Sabemos que hay conexiones con la familia Sinclair. Cualquier información que puedas darnos podría ayudar a resolver este caso —insistió, tratando de mantener la calma.

Pero el hombre no estaba dispuesto a ceder. En un instante, la tensión en la habitación se tornó palpable, y Blackburn se dio cuenta de que la situación estaba a punto de volverse violenta.

—¡Ustedes no saben con quién están tratando! —gritó el hombre, señalando hacia ellos con un gesto amenazante. Sus compañeros comenzaron a moverse, tomando posiciones defensivas.

Blackburn sintió que el tiempo se ralentizaba. Sabía que necesitaban salir de allí antes de que la situación escalara. Sin pensarlo dos veces, giró sobre sus talones y tomó la mano de Isabelle, empujándola hacia la salida.

—¡Corramos! —gritó mientras comenzaban a retroceder.

El grupo de hombres no tardó en reaccionar. Uno de ellos, un tipo alto y delgado, avanzó hacia ellos con un arma en la mano. Blackburn sintió un escalofrío recorrer su espalda. Tenían que salir de allí. Con un giro rápido, Blackburn empujó a Isabelle hacia un rincón y luego buscó una salida.

La adrenalina lo empujó hacia adelante mientras corrían hacia la puerta principal. El sonido de pasos pesados y gritos resonaban tras ellos. Blackburn no se atrevía a mirar atrás; sabían que su vida dependía de su rapidez. El corazón le latía con fuerza, cada pulso una advertencia de lo que estaba en juego.

Cuando finalmente llegaron a la entrada, Blackburn empujó a Isabelle hacia la salida. El frío aire nocturno les golpeó la cara, pero no hubo tiempo para respirar. Los gritos y el ruido de los hombres se acercaban rápidamente.

—¡Vamos! —gritó Blackburn, y ambos corrieron hacia su coche. La niebla envolvía la calle, dificultando su visión y añadiendo un sentido de urgencia a su escape.

Una vez dentro del vehículo, Blackburn encendió el motor y dio marcha atrás. La adrenalina aún fluía en su sistema mientras salía del almacén, los hombres gritando tras ellos. Isabelle lo miró, la preocupación y el alivio mezclados en su rostro.

—¿Estás bien? —preguntó Blackburn, tratando de calmarse mientras maniobraba el coche por las calles desiertas.

—Sí, solo… no puedo creer que esto esté pasando —respondió Isabelle, su voz temblando ligeramente—. Esto es más peligroso de lo que pensábamos.

Blackburn asintió, sintiendo la misma inquietud en su interior. Lo que había comenzado como un simple caso se había transformado en un juego mortal. Sabían que no podían confiar en nadie y que cada paso que daban los acercaba más al abismo.

Mientras conducía, pensó en lo que acababan de experimentar. La confrontación había sido abrupta y violenta, una muestra de cuán lejos estaban dispuestos a llegar aquellos que querían proteger sus secretos. El asesino no solo estaba jugando con ellos; estaba creando un juego mortal donde cada movimiento era una estrategia.

—Necesitamos reevaluar nuestra estrategia —dijo Blackburn, su voz grave mientras se adentraban en las calles más iluminadas de la ciudad—. No podemos permitir que esto se convierta en un enfrentamiento abierto. Debemos encontrar una manera de atraer al asesino hacia nosotros sin poner nuestras vidas en peligro.

Isabelle lo miró, comprendiendo la gravedad de la situación.

—¿Y cómo planeas hacerlo? —preguntó, sabiendo que las palabras tenían un peso considerable.

—Si el asesino está tratando de comunicarse con nosotros, tal vez necesitemos darle la oportunidad de hacerlo. Pero necesitamos ser astutos, no podemos caer en su trampa —respondió Blackburn, su mente funcionando a mil por hora.

—Podría ser arriesgado. Pero si conseguimos que se muestre, tal vez podamos capturarlo —dijo Isabelle, su tono decidido. Blackburn vio la determinación en su mirada, una chispa que lo motivaba a seguir adelante.

Al llegar a la comisaría, Blackburn sintió que el peso del mundo estaba sobre sus hombros. Había más en juego de lo que podían imaginar, y el peligro estaba acechando en cada esquina. La idea de que estaban siendo observados, de que el asesino conocía cada uno de sus movimientos, era aterradora.

Mientras se sentaban en la sala de reuniones, rodeados de papeles y pantallas, Blackburn y Isabelle discutieron su próxima jugada. Cada idea era evaluada con cuidado, sabiendo que cualquier error podría ser fatal. La presión aumentaba y, con ella, la tensión entre ellos. Ambos eran conscientes de que, aunque estaban en el mismo equipo, cada decisión que tomaban los acercaba más a un peligro inminente.

—No podemos permitir que esto nos consuma. Debemos mantener la cabeza fría —dijo Blackburn, intentando calmar la creciente ansiedad que sentía.

Isabelle asintió, pero la preocupación en sus ojos era evidente.

—Lo sé, pero después de lo que ocurrió hoy, no puedo dejar de pensar que estamos en el centro de un juego mucho más grande de lo que esperábamos —respondió, su voz tensa.

La conversación continuó, pero Blackburn sabía que el tiempo se les estaba acabando. La noche aún guardaba secretos, y el asesino estaba un paso por delante. La atmósfera en la sala era eléctrica, cada palabra cargada de significados ocultos. Blackburn sintió que se adentraban en un territorio desconocido, donde las sombras parecían alargarse y el peligro se volvía más inminente.

Con cada momento que pasaba, la certeza de que la próxima confrontación sería inevitable aumentaba. Blackburn y Isabelle no solo estaban buscando al asesino; estaban atrapados en una red de intrigas, peligros y secretos.

La tormenta que había comenzado a arremolinarse en el cielo ahora se reflejaba en el caos que los rodeaba. Cada paso que daban parecía acercarlos más al abismo, y la única pregunta que quedaba era: ¿quién sería el siguiente en caer?

Capítulo 13: Enfrentamientos Internos

El ambiente en la comisaría era tenso. Blackburn había convocado a su equipo para una reunión de emergencia, consciente de que la presión que enfrentaban no solo venía del caso, sino también del creciente estrés y la incertidumbre que comenzaban a afectar la moral. La reciente confrontación en el almacén había dejado huellas visibles en todos. Sentados alrededor de la mesa, cada miembro del equipo parecía cargar con su propio peso emocional, y las miradas de desconfianza se intercambiaban a medida que la discusión comenzaba.

—Necesitamos evaluar nuestra situación y ver hacia dónde vamos —dijo Blackburn, tratando de mantener la calma en su voz. Miró a cada uno de sus compañeros, notando el cansancio en sus rostros. Había una línea delgada entre la cooperación y la sospecha, y sabía que debía abordarla con cuidado.

Isabelle, sentada a su lado, hizo un gesto para intervenir.

—La presión ha sido intensa, y entiendo que todos estamos preocupados por lo que viene. Pero debemos mantenernos enfocados en el caso. Cada vez que retrocedemos, el asesino gana terreno —dijo, intentando infundir un sentido de urgencia en el grupo.

Uno de los detectives, un veterano llamado Antoine, se inclinó hacia adelante, su expresión dura.

—¿Y qué hay de nuestra seguridad? Después de lo que ocurrió la otra noche, estoy empezando a dudar de la estrategia. Cada vez que avanzamos, parece que estamos caminando hacia una trampa. Si seguimos así, alguien va a salir herido —respondió, su voz cargada de frustración.

Blackburn sintió la tensión en la sala crecer. La verdad era que Antoine tenía razón; la incertidumbre comenzaba a afectar la moral del equipo. Las quejas y preocupaciones eran evidentes, y no podía permitir que eso se interpusiera en su investigación.

—Entiendo tus preocupaciones, Antoine, pero rendirse no es una opción. Necesitamos encontrar una manera de seguir adelante sin poner a nadie en riesgo —respondió Blackburn, intentando calmar la situación. Pero su voz apenas resonaba sobre la creciente discordia.

—¿Y cuál es tu plan? —intervino otra miembro del equipo, Clara, con un tono desafiante—. Porque hasta ahora, hemos estado dando vueltas sin rumbo. Nos han atacado, y cada vez estamos más expuestos.

Isabelle frunció el ceño ante el comentario de Clara.

—No podemos perder la fe en el liderazgo. Blackburn ha estado trabajando incansablemente en este caso, y es nuestra responsabilidad como equipo apoyarlo. En lugar de criticar, debemos concentrarnos en lo que podemos hacer para resolverlo —defendió.

Antoine negó con la cabeza.

—Pero tal vez la dirección que tomamos no es la correcta. Hemos seguido las pistas y no hemos llegado a nada. ¿Qué pasa si estamos persiguiendo fantasmas? Necesitamos una nueva estrategia —insistió, y el resto del equipo comenzó a murmurar en acuerdo.

La discusión continuó escalando, y Blackburn se dio cuenta de que estaba perdiendo el control de la reunión. La atmósfera se volvía cada vez más hostil, cada miembro del equipo defendiendo su postura mientras el ambiente se cargaba de desconfianza.

—¡Basta! —gritó Blackburn, levantando la voz para imponer silencio. Todos se quedaron mirándolo, sorprendidos por su reacción. Respiró hondo, intentando recobrar la compostura—. La verdad es que todos estamos bajo presión, y eso es completamente comprensible. Pero no podemos permitir que nuestras diferencias nos dividan. Necesitamos unirnos y encontrar la manera de salir de esto. Si no, el asesino habrá ganado.

El silencio que siguió fue tenso, pero en lugar de calma, parecía que la reunión había llegado a un punto muerto. La preocupación y la frustración seguían flotando en el aire como una nube negra.

Finalmente, Isabelle tomó la iniciativa.

—¿Qué tal si hacemos una lluvia de ideas sobre cómo podemos abordar el caso desde una nueva perspectiva? Podríamos identificar áreas que hemos pasado por alto y crear un nuevo plan de acción —sugirió, tratando de suavizar la atmósfera.

Antoine asintió lentamente, pero su expresión seguía siendo escéptica.

—Está bien, pero necesitamos que todos participen. No podemos seguir en la misma dirección sin mirar los peligros que nos rodean.

El grupo se dispuso a trabajar, aunque la desconfianza seguía latente. Empezaron a discutir los puntos débiles de su investigación y a identificar pistas que habían ignorado. A medida que pasaban los minutos, la conversación comenzó a fluir, y poco a poco, la tensión se fue disipando.

Blackburn observó cómo la energía del grupo cambiaba. Aunque todavía había diferencias de opinión, la determinación de resolver el caso se volvía evidente.

—Lo primero que necesitamos es asegurarnos de que todos estén a salvo —dijo Blackburn, estableciendo el tono. La seguridad de su equipo era prioritaria.

—Tal vez deberíamos considerar aumentar la vigilancia. No podemos seguir arriesgándonos a que el asesino nos encuentre desprevenidos —sugirió Clara, mirando a sus compañeros.

—De acuerdo —respondió Isabelle—. También podemos revisar las grabaciones de cámaras de seguridad en los lugares donde se encontraron las víctimas. Tal vez podamos rastrear algún patrón o incluso ver a alguien que haya estado allí.

Antoine se mostró de acuerdo, pero su mirada seguía siendo crítica.

—Todo eso está bien, pero ¿qué pasa con el hecho de que el asesino parece tener acceso a nuestra información? Necesitamos ser más cautelosos en nuestra comunicación —advirtió.

La conversación continuó, y aunque el escepticismo seguía presente, la dinámica del grupo empezaba a cambiar. Blackburn sentía que su liderazgo se había puesto a prueba, pero ahora veía cómo podían recuperar el enfoque y el propósito.

La reunión finalizó con un plan más definido, aunque las tensiones internas aún estaban lejos de resolverse por completo. Cada uno de ellos sabía que tenían que luchar no solo contra el asesino, sino también contra la incertidumbre y el miedo que comenzaba a calar en sus corazones.

Mientras los miembros del equipo se dispersaban, Blackburn se quedó atrás, mirando por la ventana. La noche seguía siendo oscura y llena de amenazas. La lluvia comenzaba a caer, y el sonido de las gotas resonaba en el cristal, un eco del tumulto emocional que había vivido su equipo.

Isabelle se acercó a él, rompiendo el silencio.

—Hiciste bien en mantener la calma. Fue difícil, pero lo lograste —dijo, su tono sincero.

—Gracias, Isabelle. Pero no puedo ayudar a todos si no sé cómo manejar mis propios miedos. A veces, la presión me parece abrumadora —confesó Blackburn, sintiendo que la carga del liderazgo pesaba más que nunca.

—Lo sé, pero lo estás haciendo bien. La clave es no perder la confianza en nosotros mismos ni en el equipo. Juntos podemos enfrentar lo que venga —respondió, su mirada firme.

La noche siguió avanzando, y aunque la oscuridad parecía envolverte, Blackburn sintió un leve destello de esperanza. Sabía que el camino que tenían por delante estaba lleno de peligros, pero también de oportunidades para descubrir la verdad. Debían mantenerse unidos, porque cada enfrentamiento interno, cada disputa, solo servía para debilitar su capacidad de enfrentar al verdadero enemigo.

Con esa determinación en mente, Blackburn se volvió hacia la mesa, donde sus compañeros habían dejado un rastro de notas y pistas. Era hora de trabajar y de prepararse para lo que estaba por venir. La batalla no solo se libraría contra el asesino, sino también en el interior de su equipo. Pero con cada pequeño paso, había la posibilidad de redescubrir su fuerza y la razón por la que habían comenzado esta búsqueda.

Capítulo 14: Nuevos Aliados

La noche había caído sobre París, y la ciudad se iluminaba con luces brillantes que contrastaban con la oscuridad de la reciente tragedia. Blackburn se encontraba en su oficina, repasando los documentos que habían recolectado durante los últimos días. A pesar de la presión y el estrés, sabía que necesitaba un enfoque diferente. La investigación había llegado a un punto crítico y sentía que su equipo estaba atrapado en un ciclo de frustración. Fue entonces cuando recordó a un viejo amigo, alguien que podría ayudar a abrir nuevas puertas.

Hugo Marchand era un antiguo compañero de la academia de policía, conocido por sus conexiones dentro del submundo criminal de París. A lo largo de los años, había mantenido un perfil bajo, pero su reputación como un informante confiable lo había convertido en un recurso valioso para quienes sabían dónde buscar. Blackburn sabía que, si había alguna posibilidad de obtener información sobre el asesino, Hugo era la persona indicada para acudir.

Después de una breve consulta con Isabelle, decidió que era hora de contactar a Hugo. La idea de recurrir a él generó una mezcla de emociones; aunque su amistad era sólida, su relación con el mundo criminal siempre había sido delicada. Sin embargo, en el contexto actual, se trataba de una necesidad urgente.

Blackburn tomó su teléfono y marcó el número de Hugo, sintiendo una leve incertidumbre. El timbre sonó varias veces antes de que finalmente contestara, su voz familiar resonando al otro lado de la línea.

—¿Blackburn? ¿Cuánto tiempo sin hablar? —dijo Hugo, con un tono que combinaba sorpresa y alegría.

—Demasiado tiempo, amigo. Necesito tu ayuda. Estoy en medio de una investigación complicada, y creo que podrías tener información que podría ser valiosa —respondió Blackburn, intentando contener la urgencia en su voz.

—Claro, ¿qué tienes en mente? —preguntó Hugo, ahora más serio.

Blackburn explicó brevemente la situación: los asesinatos, las conexiones con la familia Sinclair y el hecho de que habían alcanzado un callejón sin salida en su investigación. La voz de Hugo se volvió cautelosa a medida que escuchaba.

—Parece que te has metido en algo peligroso. Pero, ¿por qué crees que puedo ayudarte? —inquirió.

—Porque tienes amigos en lugares donde nosotros no podemos llegar. Y en este momento, necesito cualquier ventaja que podamos conseguir. Te prometo que no hay riesgos para ti, solo información —insistió Blackburn.

Hubo una pausa en la línea, y Blackburn pudo imaginar a Hugo considerando su oferta. Finalmente, Hugo suspiró.

—Está bien. Te reuniré con alguien. Pero no puedo garantizar que sea seguro. Reúnete conmigo en el café Le Parisien a las siete de la tarde. Nos vemos allí —dijo, y antes de que Blackburn pudiera responder, colgó.

A medida que el día avanzaba, Blackburn se sintió aliviado de haber tomado la decisión de contactar a Hugo. Sabía que el café Le Parisien era un lugar discreto, donde podían hablar sin atraer demasiada atención. Sin embargo, la ansiedad lo invadía al pensar en las implicaciones de esta alianza. La cena con el antiguo amigo también podría implicar que se estaban acercando a peligros desconocidos.

Al llegar al café, el aire estaba impregnado con el aroma de café recién hecho y croissants. La gente charlaba en voz baja, ajena a los asuntos que se desarrollaban en las sombras. Blackburn se sentó en una mesa en la esquina, observando a los clientes mientras esperaba a Hugo. Cada minuto se sentía más pesado, pero finalmente, vio a su amigo entrar, su figura familiar recortada contra la luz del atardecer.

Hugo era un hombre de estatura media, con cabello oscuro y un aire de confianza que siempre había tenido. Sin embargo, había algo en su expresión que denotaba un cambio. Había pasado tiempo desde la última vez que se vieron, y la vida en el lado oscuro de París había dejado su huella en él.

—Blackburn —saludó Hugo, estrechando su mano con firmeza. Luego se sentó frente a él, la seriedad en su rostro evidente—. ¿Qué es lo que realmente estás buscando?

Blackburn no perdió tiempo y le explicó los detalles de los asesinatos, incluyendo la conexión con la familia Sinclair. A medida que hablaba, notó que

Hugo escuchaba atentamente, asintiendo de vez en cuando. Cuando terminó, hubo un silencio momentáneo.

—Lo que me cuentas es más complicado de lo que pensaba. La familia Sinclair tiene sus propios secretos y no son personas a las que se les pueda hacer preguntas sin consecuencias. ¿Estás seguro de que quieres profundizar en esto? —dijo Hugo, la preocupación cruzando su rostro.

—No tengo opción. Si seguimos sin respuestas, más gente podría morir. Necesito cualquier pista que puedas ofrecerme —respondió Blackburn, sintiendo la urgencia en su voz.

Hugo se inclinó hacia adelante, sus ojos escaneando el café, como si temiera que alguien estuviera escuchando.

—He oído rumores sobre un antiguo conflicto entre los Sinclair y otra familia en el negocio. Algo que ocurrió hace años, pero que todavía parece afectar a las nuevas generaciones. Algunos dicen que hay personas que no han olvidado y que están buscando venganza. Este tipo de rivalidad puede llevar a situaciones peligrosas, y ahora parece que están usando a la gente común como fichas en su juego —explicó, su voz baja pero intensa.

Blackburn asimiló la información, su mente funcionando a mil por hora. La conexión con un posible conflicto familiar podía ofrecer una nueva perspectiva sobre las motivaciones del asesino.

—¿Tienes nombres? ¿Alguna manera de entrar en contacto con estas personas? —preguntó Blackburn, ansioso por obtener más detalles.

Hugo dudó, pero luego continuó.

—Conozco a un par de tipos en la calle que podrían tener más información. Pero te advierto, tratar con ellos no es fácil. Son leales a su propia gente, y no les gustará que un policía se meta en sus asuntos —dijo.

—Lo entiendo. Pero en este momento, todo vale la pena para detener a este asesino —respondió Blackburn, su determinación creciendo.

Después de un rato más de conversación, Hugo compartió algunos nombres y direcciones. Mientras tomaban café, Blackburn se dio cuenta de que esta alianza podría cambiar el rumbo de la investigación. La información que Hugo estaba dispuesto a ofrecer podría ser la clave para descubrir la verdad detrás de los asesinatos.

Al salir del café, Blackburn sintió una mezcla de emoción y ansiedad. La idea de entrar en el mundo criminal de París era tanto aterradora como intrigante. Sabía que estaba caminando en una cuerda floja, pero la necesidad de justicia superaba su miedo. Con un nuevo aliado en su arsenal, Blackburn se sentía listo para enfrentar lo que estaba por venir.

La noche se deslizaba sobre París, y Blackburn se sentía impulsado a actuar rápidamente. Tenía que reunir a su equipo y compartir lo que había aprendido. Cada momento contaba, y estaba decidido a no perder más tiempo. La próxima etapa de la investigación lo llevaría a territorios desconocidos, pero sabía que tenía a Isabelle a su lado, y juntos podrían enfrentar cualquier desafío.

Mientras se dirigía a la comisaría, su mente seguía girando en torno a las implicaciones de su encuentro con Hugo. La traición, la venganza, y las viejas rencillas estaban entrelazadas en un juego mortal que amenazaba con devorar a todos los involucrados. Sabía que, al profundizar en la historia de los Sinclair y su rivalidad, podría desenterrar secretos que cambiarían el rumbo de la investigación.

El teléfono vibró en su bolsillo, sacándolo de sus pensamientos. Era un mensaje de Isabelle, preguntándole sobre la reunión. Sonrió al pensar en su dedicación y lealtad. Sin duda, necesitarían todo el apoyo posible para enfrentar lo que estaba por venir.

—Nos vemos pronto —escribió, mientras avanzaba hacia el futuro incierto que se desplegaba ante él. Cada paso que daba lo acercaba más a la verdad, y aunque sabía que el camino sería peligroso, también sentía que estaba cada vez más cerca de resolver el misterio que había mantenido a París en vilo.

Capítulo 15: Un Viaje al Pasado

La mañana amaneció gris en París, con nubes pesadas que amenazaban con soltar un aguacero en cualquier momento. Isabelle y Blackburn se encontraban en la biblioteca municipal, un edificio antiguo con estanterías llenas de libros que parecían susurrar historias olvidadas. El lugar tenía una atmósfera casi mágica, y aunque había un aire de tristeza en el ambiente, ambos estaban determinados a descubrir la verdad detrás de la familia Sinclair.

Se sentaron en una mesa en el fondo de la sala, rodeados de documentos y libros de registros que habían encontrado. Isabelle pasó una hoja amarillenta entre sus dedos, una lista de propietarios de tierras que databa de varias generaciones atrás. Blackburn miraba a su alrededor, escaneando las estanterías repletas de volúmenes, buscando cualquier cosa que pudiera ayudar a arrojar luz sobre el oscuro pasado de los Sinclair.

—Aquí hay algo —dijo Isabelle, señalando un nombre en la lista—. Un tal Edward Sinclair, propietario de varias tierras en el siglo XIX. ¿No es el mismo apellido que los actuales Sinclair?

Blackburn se inclinó hacia la hoja, su interés despertando. —Sí, parece que sí. Podría ser un antepasado. Esto es un buen comienzo. Necesitamos saber más sobre él y su familia.

Isabelle comenzó a buscar más documentos relacionados con Edward Sinclair. Después de unos minutos, encontró un registro de matrimonio que confirmaba que Edward había estado casado con una mujer llamada Margaret Dubois. La pareja había tenido varios hijos, pero el documento no ofrecía más información sobre ellos.

—Tal vez deberíamos investigar más sobre Margaret Dubois —sugirió Isabelle—. Quizás su familia tenga alguna conexión con lo que está ocurriendo ahora.

Mientras tanto, Blackburn había abierto un viejo libro que parecía un registro de eventos históricos locales. Las páginas estaban desgastadas y amarillentas, pero las palabras estaban aún bien legibles. Al pasar las páginas, se detuvo al llegar a una entrada que captó su atención.

—Mira esto —dijo Blackburn, señalando la página—. Hay un registro de un incendio en la propiedad Sinclair en 1894. Se dice que el fuego fue provocado y que se perdió gran parte de la herencia de la familia. Después de eso, la familia cayó en desgracia y se mudó de la zona.

Isabelle frunció el ceño, pensando en las implicaciones. —Eso es interesante. Un incendio provocado... Eso podría haber generado rencores. Tal vez haya personas que todavía guardan rencor por lo que sucedió.

Continuaron investigando, y en poco tiempo, encontraron más detalles sobre la historia familiar. A través de varios documentos, comenzaron a tejer una narrativa que conectaba a los Sinclair con un pasado lleno de traiciones y rivalidades. Los descendientes de Edward y Margaret habían tenido conflictos con otras familias locales, y algunos de esos conflictos parecían haberse intensificado a lo largo de los años.

—Aquí hay algo más —dijo Isabelle, al encontrar una carta escrita en 1923—. Es de un tal Victor Sinclair, un nieto de Edward. Habla de una disputa con la familia Moreau por una herencia. Parece que el conflicto nunca se resolvió.

Blackburn se inclinó hacia la carta, leyendo con atención. —Esto podría ser clave. Si la familia Moreau todavía está en la ciudad, tal vez podamos contactar con ellos y ver qué saben sobre los Sinclair. Cualquier cosa que nos ayude a entender el presente.

Isabelle asintió, pero su mirada se volvió hacia la ventana. Las nubes habían comenzado a oscurecerse, y el aire en el interior de la biblioteca se sentía más tenso. —Sin embargo, esto es más que solo rencores familiares. Las víctimas son personas que han estado conectadas de alguna manera con los Sinclair. Tal vez el asesino busca vengarse de algo que ocurrió hace décadas.

Blackburn reflexionó sobre esto. Había algo inquietante en la idea de que el pasado pudiera manifestarse de tal manera. —Tienes razón. No es solo un crimen, es un ciclo de venganza que se ha estado gestando. Necesitamos ver si hay alguna conexión directa entre las víctimas y esta disputa familiar.

Mientras continuaban su búsqueda, decidieron dividirse para maximizar sus esfuerzos. Isabelle se enfocaría en los registros de la familia Moreau, mientras que Blackburn se concentraría en encontrar más información sobre Edward Sinclair y sus descendientes.

Isabelle se dirigió hacia otra sección de la biblioteca donde estaban los archivos de la familia Moreau. Comenzó a buscar entre los documentos y encontró un registro de nacimiento de uno de los miembros de la familia. Al leer los nombres, se dio cuenta de que una de las víctimas, una mujer llamada Claire Moreau, era prima de uno de los actuales miembros de la familia.

—Esto es interesante —murmuró para sí misma—. Claire era parte de la familia Moreau. Tal vez haya más conexiones de lo que pensábamos.

Al mismo tiempo, Blackburn había encontrado un libro que contenía un relato de las rivalidades entre familias en el área. Las páginas estaban llenas de detalles sobre las peleas que habían estallado a lo largo de los años, y mientras leía, se dio cuenta de que las rencillas eran mucho más profundas de lo que había imaginado. Las notas marginales y los comentarios de otros investigadores también revelaban detalles sobre un evento trágico: un asesinato que había tenido lugar en una fiesta de la alta sociedad donde los Sinclair y los Moreau estaban presentes.

Blackburn sintió que la tensión en su pecho aumentaba. Era evidente que había un ciclo de violencia y traición que había perdurado a lo largo de generaciones. Se preguntaba si el asesino era un descendiente de alguna de estas familias, buscando venganza por crímenes pasados. Con una idea en mente, decidió buscar más sobre el asesinato mencionado.

Después de un par de horas de investigación intensiva, ambos se reunieron nuevamente en la mesa que habían utilizado al inicio. Blackburn compartió lo que había encontrado sobre la disputa entre las familias y la historia del asesinato. Isabelle, por su parte, había reunido información sobre Claire Moreau y su conexión con la familia Sinclair.

—Esto se está poniendo cada vez más complicado —dijo Isabelle—. La familia Moreau ha estado en el centro de todo. Pero, ¿cómo podemos abordar esto sin atraer la atención no deseada?

—Necesitamos hablar con alguien de la familia Moreau —respondió Blackburn—. Ellos podrían tener información que nos ayude a desentrañar este rompecabezas.

—Tal vez podamos acercarnos a ellos como investigadores, no como policías. Podría ser más efectivo si nos presentamos como personas interesadas en la historia local y no en el crimen —sugirió Isabelle, considerando la estrategia.

Blackburn asintió, sintiendo que esa podría ser la mejor manera de proceder. No podían permitir que la familia sintiera que estaban siendo atacados o interrogados. De hecho, necesitaban su cooperación.

Con un nuevo plan en mente, decidieron dirigirse a la casa de la familia Moreau. Blackburn se sintió ansioso pero determinado. Mientras salían de la biblioteca, el aire frío los envolvió, y las nubes comenzaban a llorar. La lluvia caía suave al principio, pero a medida que avanzaban hacia su destino, la tormenta se intensificaba. La oscuridad que los rodeaba parecía simbolizar la tensión creciente en la investigación.

Finalmente, llegaron a la mansión de los Moreau. Era una propiedad impresionante, con un jardín que había sido descuidado pero que aún poseía un aire de grandeza. Blackburn tocó el timbre, y mientras esperaban, la lluvia comenzó a caer con más fuerza, tambaleándose en el suelo.

Una mujer mayor abrió la puerta, con una mirada que denotaba sorpresa y curiosidad. Era la matriarca de la familia Moreau.

—¿Puedo ayudarles? —preguntó, su voz firme pero amable.

—Buenas tardes, señora Moreau. Somos investigadores interesados en la historia local y en las relaciones entre las familias de la zona. Nos preguntábamos si podríamos hablar con usted sobre la historia de su familia, especialmente en relación con la familia Sinclair —dijo Blackburn, intentando sonar convincente.

La mujer frunció el ceño, observándolos detenidamente. Hubo un momento de silencio, y Blackburn sintió que el tiempo se detenía. Finalmente, asintió lentamente.

—Pueden entrar. Pero debo advertirles que hay mucho dolor en nuestra historia. No todas las historias son agradables —dijo, haciéndoles un gesto para que entraran.

A medida que Blackburn e Isabelle cruzaban el umbral, la sensación de que estaban a punto de descubrir secretos que cambiarían todo se intensificaba. Cada paso que daban dentro de la casa los acercaba más a la verdad, y sabían que estaban en la cúspide de un viaje que los llevaría al corazón de un oscuro pasado que aún repercutía en el presente.

Capítulo 16: La Amenaza Creciente

La atmósfera en la mansión Sinclair se volvió densa y opresiva. Blackburn se había convertido en un visitante habitual en la casa, su presencia ahora un recordatorio constante de la amenaza que se cernía sobre la familia. La última víctima del asesino, un amigo cercano de los Sinclair, había dejado a todos en estado de shock. La sensación de vulnerabilidad creció en el aire, y cada ruido parecía amplificarse, llenando la casa de ecos de ansiedad.

A la mañana siguiente, Blackburn se reunió con Dupont en la sala de estar de los Sinclair, que estaba decorada con obras de arte costosas y una gran chimenea que apenas lograba calentar el frío que se había instalado en el ambiente. La familia Sinclair se había vuelto cada vez más ansiosa y desconfiada, lo que complicaba la situación.

—Debemos establecer un dispositivo de protección inmediato —dijo Blackburn, apoyando las manos en la mesa. Su rostro estaba serio y determinado—. No podemos arriesgarnos a que el asesino vuelva a atacar. Cada vez que parece que estamos cerca de entender su patrón, el riesgo se incrementa.

Dupont asintió, su mirada fija en Blackburn. —Pero la familia no estará de acuerdo con ello. Ellos se sienten impotentes y quieren controlar la situación, y establecer un dispositivo de protección solo aumentará su paranoia.

Blackburn sabía que Dupont tenía razón. La familia Sinclair había estado lidiando con un trauma profundo, y cualquier medida que sugirieran podría ser vista como una invasión a su privacidad. Sin embargo, el instinto de Blackburn le decía que la seguridad debía ser la prioridad.

—Entiendo sus preocupaciones, pero debemos actuar con rapidez. Si no, el próximo ataque podría ser fatal —respondió Blackburn, sintiendo cómo la presión crecía en su pecho. En ese momento, la puerta se abrió y Natalie Sinclair, la hija de Maxwell, entró, su expresión llena de preocupación.

—¿Qué están discutiendo? —preguntó, mirando a ambos con desconfianza.

—Estamos hablando de establecer medidas de seguridad para la familia, Natalie. Su bienestar es nuestra prioridad —dijo Dupont, intentando suavizar la situación.

Natalie cruzó los brazos, su mirada ardiente. —No necesitamos que nos protejan como si fuéramos niños. Podemos manejarlo. Solo queremos entender lo que está pasando y encontrar al responsable, no estar encerrados en una burbuja.

Blackburn sintió cómo la frustración comenzaba a burbujear en su interior. Era evidente que Natalie se sentía atrapada, pero él no podía permitir que su propia humanidad se interpusiera en su deber.

—Entiendo cómo se sienten, pero el asesino no mostrará piedad. Cada hora que pasa aumenta la posibilidad de otro ataque. No estamos tratando de encerrarlos, sino de protegerlos —insistió Blackburn, sus palabras impregnadas de urgencia.

Natalie se mantuvo firme, su mirada desafiante. —¿Y si lo que realmente necesita la familia es encontrar respuestas en lugar de escondernos?

El silencio se instaló en la habitación, pesado e incómodo. Blackburn sabía que era un momento crítico, y cada palabra contaba.

—Escuchen, no hay duda de que este es un momento muy difícil para ustedes. Pero la realidad es que no estamos seguros de quiénes son los responsables de los ataques. Necesitamos proteger a cada miembro de la familia Sinclair mientras seguimos investigando —dijo Blackburn, intentando hacer que comprendieran la gravedad de la situación.

En ese instante, el teléfono de la sala sonó, rompiendo la tensión. Blackburn se volvió hacia el dispositivo, y al contestar, una voz temblorosa le hizo una pregunta que le erizó la piel.

—Detective Blackburn, tenemos un problema. Acaban de recibir una amenaza anónima. El asesino dice que volverá a atacar y que nadie podrá proteger a los Sinclair.

Blackburn apretó los dientes, la amenaza resonando en su mente. Colgó el teléfono y miró a Natalie, su expresión ahora más seria que nunca.

—¿Escucharon eso? El asesino no se detendrá. Necesitamos tomar medidas ahora mismo.

Natalie parecía más asustada ahora, y sus brazos se deshicieron en un gesto de derrota. —¿Qué debemos hacer?

Blackburn sintió que la presión aumentaba, y supo que la familia necesitaría algo más que promesas vacías. —Necesitamos que todos los Sinclair se queden aquí, bajo protección constante. Voy a coordinar un equipo de vigilancia. No permitiré que nadie más salga sin mi autorización.

La conversación se volvió intensa mientras discutían los detalles de la protección. Dupont trató de calmar a Natalie, explicando cómo funcionaría el equipo de seguridad y asegurando que se tomarían medidas para que la familia pudiera seguir llevando una vida normal dentro de lo posible.

La familia Sinclair se reunió en la sala, y Blackburn explicó la situación. La resistencia inicial se desvaneció, aunque el miedo aún era palpable. Algunos miembros estaban dispuestos a escuchar, pero otros seguían con su escepticismo, preocupados por la invasión a su privacidad.

—No tenemos tiempo para dudar —dijo Blackburn, dirigiéndose a todos—. Cada minuto cuenta, y el asesino ha dejado claro que no tiene miedo de atacar a quienes son cercanos a ustedes. Esto no es solo por su seguridad, sino por la suya.

Maxwell, el patriarca de la familia, levantó la mano para hablar. Su voz era grave, pero había una firmeza que inspiraba respeto. —Entendemos el peligro, detective, pero somos una familia. Hemos sobrevivido a muchas cosas juntas, y no queremos que esto se convierta en un campo de concentración. No estamos dispuestos a vivir con miedo.

—No se trata de vivir con miedo, sino de tomar precauciones necesarias —replicó Blackburn, sintiendo que la frustración comenzaba a manifestarse. —Lo que necesitamos es unirnos. Si cooperan con nosotros, podremos protegerlos.

La conversación continuó con intensidad, con cada miembro de la familia expresando sus preocupaciones. Algunos apoyaban la idea de protección, mientras que otros se oponían vehementemente, sintiendo que su libertad estaba siendo amenazada. La tensión crecía, y Blackburn sabía que necesitaba encontrar una manera de unir a la familia.

Finalmente, Natalie se levantó y pidió la palabra. —¿Y si hacemos un trato? Si nos comprometemos a quedarnos aquí y aceptar su protección, ¿podría prometer que todo lo que suceda será transparente y que no se ocultará nada? Queremos saber qué pasa. No podemos vivir así, a la espera de un ataque.

La sala se llenó de murmullos de aprobación. Era un buen punto, y Blackburn vio la oportunidad de ganar la confianza de la familia. —De acuerdo. Me aseguraré de que estén informados sobre cada paso que tomamos. Pero también necesito que se comprometan a seguir las reglas de seguridad. Esto no es negociable.

La familia aceptó, y Blackburn sintió un leve alivio al ver que estaban comenzando a cooperar.

Con la decisión tomada, Blackburn se retiró a su oficina para planificar la protección. Conectó con su equipo y comenzó a organizar un despliegue alrededor de la mansión. Sabía que no podían dejar nada al azar. Cada entrada debía estar vigilada, y los miembros de la familia debían ser acompañados a cualquier lugar que decidieran ir.

Esa noche, el aire estaba impregnado de un silencio inquietante mientras Blackburn revisaba los preparativos. La mansión estaba envuelta en una niebla densa, y las sombras parecían danzar alrededor de la propiedad.

La vigilancia se estableció y el equipo de seguridad se colocó en posiciones estratégicas alrededor de la casa. Blackburn se sintió un poco más tranquilo, pero no podía permitir que la guardia cayera. La amenaza seguía presente, y el asesino no se detendría ante nada.

Mientras tanto, en el interior de la mansión, la familia Sinclair intentaba encontrar un poco de normalidad. Se reunieron en la sala de estar para cenar juntos, una rareza en los últimos días. La tensión seguía flotando, pero estaban decididos a no dejarse vencer.

Sin embargo, en lo más profundo de la noche, el sonido de un cristal rompiéndose resonó a través de la casa. Blackburn, en su oficina, se sobresaltó. A medida que el eco de la ruptura se desvanecía, su instinto lo llevó a salir corriendo hacia el origen del sonido.

—¡Es un ataque! —gritó mientras corría, su mente calculando las posibilidades. Las luces comenzaron a parpadear, y el caos se apoderó de la mansión. Blackburn sintió que la adrenalina bombeaba en su cuerpo mientras se dirigía a la sala principal.

Cuando llegó, la escena era caótica. Los miembros de la familia estaban en pie, mirando hacia la ventana, donde un oscuro contorno se recortaba contra la luz de la luna. Blackburn sintió un escalofrío recorrer su espalda.

—¡Al suelo! —gritó, y todos se lanzaron al piso. El sonido de un disparo resonó en la noche, seguido de otro. Blackburn se movió rápidamente, tratando de evaluar la situación. El asesino estaba más cerca de lo que pensaba.

Dupont apareció detrás de él, su rostro grave. —¿Qué hacemos?

—Primero, asegúrate de que todos estén a salvo. Vamos a buscar al tirador —respondió Blackburn, su voz firme.

La tensión era palpable mientras se movían en silencio, preparados para lo peor. Los miembros de la familia estaban asustados, y Blackburn sabía que tenía que actuar rápidamente. Se acercaron a la ventana, y al asomarse, vieron la figura desvanecerse en la oscuridad.

—Ha escapado —murmuró Dupont, su voz tensa—. Pero esto significa que la amenaza es real. No podemos permitir que esto se repita.

—No, no podemos —respondió Blackburn, sintiendo que la situación se estaba volviendo más crítica. —Necesitamos actuar de inmediato. No podemos quedarnos aquí esperando que vuelva a atacar.

La noche había traído consigo un peligro renovado, y Blackburn sabía que, mientras la amenaza continuara creciendo, ellos tendrían que prepararse para una batalla que apenas había comenzado. La familia Sinclair estaba en el centro de todo, y su seguridad se había vuelto la prioridad. Cada decisión que tomaran de aquí en adelante podría ser crucial para salvar vidas.

Capítulo 17: Juego de Poder

La sala de la mansión Sinclair estaba en penumbras, con solo unas pocas luces encendidas que proyectaban sombras largas sobre las paredes adornadas. El aire estaba cargado de una tensión palpable, y todos los miembros de la familia parecían estar al borde de una explosión emocional. Era una noche crítica; las amenazas del asesino y el reciente ataque habían alterado el equilibrio dentro del hogar.

Maxwell, el patriarca de la familia, había convocado a todos para una reunión urgente. Sentado al final de la mesa, su mirada era intensa y reflexiva. Había estado lidiando con una tormenta interna desde el asesinato de su amigo y el temor que acechaba a su familia. Sabía que era hora de enfrentar no solo el peligro externo, sino también los demonios que habían estado acechando a la familia Sinclair desde hace años.

—Gracias a todos por venir —comenzó Maxwell, su voz resonando en la sala—. Entiendo que las circunstancias son difíciles, pero necesitamos hablar. Esto no es solo sobre la protección de nuestra familia, sino sobre la verdad detrás de todo esto.

Natalie, su hija, frunció el ceño. —¿Qué verdad, papá? ¿Acaso hay algo que no sabemos? Cada día que pasa nos encontramos más enredados en este juego mortal, y lo último que necesitamos son secretos.

Maxwell la miró fijamente, la preocupación en sus ojos. —Natalie, hay cosas en mi pasado que he mantenido ocultas, cosas que pueden estar relacionadas con lo que nos está sucediendo ahora. Este no es un juego, y el peligro es real.

La tensión creció en la sala. Todos los miembros de la familia se miraron entre sí, y el silencio se volvió ensordecedor. Al final de la mesa, Isabelle, la compañera de Blackburn, rompió el silencio. —¿Por qué no nos cuentas lo que sabes? Tal vez hay algo que podamos hacer al respecto.

—Lo que tengo que decir no es fácil de compartir. Hay secretos familiares que he mantenido ocultos por mucho tiempo —respondió Maxwell, su voz temblando ligeramente.

Blackburn, que había estado presente en la reunión, observó en silencio, sintiendo que esta revelación podría cambiar el rumbo de la investigación. A medida que Maxwell comenzaba a hablar, su corazón latía con fuerza, consciente de que lo que revelara podría desenterrar verdades dolorosas.

—Hace muchos años, cuando comenzaba mi carrera —continuó Maxwell—, hice enemigos en el mundo de los negocios. No todos mis tratos fueron limpios, y había un grupo con el que traté que no tomó bien mis decisiones. Me vi envuelto en un escándalo que me costó más de lo que puedo explicar. Me vi obligado a alejarme de ellos, pero nunca pensé que las consecuencias me perseguirían a mí y a mi familia.

Natalie se levantó de su silla, su frustración evidente. —¿Así que todo esto tiene que ver con tus decisiones del pasado? ¿Por qué no nos lo dijiste antes? Tal vez podríamos haber estado más preparados.

—Porque pensé que había dejado eso atrás. Creía que había podido protegerlos. Pero parece que no es así —dijo Maxwell, su tono lleno de desesperación—. Y lo peor de todo es que, cuando el primer asesinato ocurrió, recordé a uno de esos hombres. Había hablado con ellos, y sus nombres están entre los muertos.

Dupont, que había estado escuchando en silencio, finalmente intervino. —Maxwell, necesitamos que nos digas exactamente quiénes son estas personas. Cada detalle cuenta, y no podemos permitir que el miedo nos paralice.

Maxwell se pasó la mano por el cabello, sintiendo el peso de sus decisiones. —Se trata de un grupo de inversores que se sintieron traicionados. Tenían conexiones con el crimen organizado, y aunque creí que podía manejar la situación, nunca imaginé que regresarían para vengarse.

Isabelle frunció el ceño, sintiendo que las piezas del rompecabezas comenzaban a encajar. —¿Crees que estos hombres pueden estar detrás de los asesinatos?

—No lo sé, pero es posible. Ellos siempre están buscando venganza contra aquellos que consideran responsables de sus desgracias —respondió Maxwell, su voz apenas un susurro.

Natalie miró a su padre, su expresión una mezcla de incredulidad y decepción. —Así que estamos en el medio de un conflicto que no tiene nada que ver con nosotros. ¿Por qué no viniste a nosotros antes?

—Porque pensé que lo había superado. Pensé que había dejado atrás a esos hombres. Nunca imaginé que se atreverían a involucrar a mi familia —dijo Maxwell, su mirada llena de angustia.

La conversación continuó, y las revelaciones de Maxwell crearon una nueva dinámica en la sala. La familia estaba dividida entre la necesidad de protegerse y el deseo de enfrentar su pasado. Las emociones comenzaron a desbordarse, y las palabras se convirtieron en gritos mientras todos intentaban expresar su opinión.

—Si esto es cierto, necesitamos actuar ahora —dijo Natalie, su voz llena de determinación—. No podemos quedarnos de brazos cruzados mientras ellos juegan con nuestras vidas.

Maxwell se sintió abrumado. Era su familia, pero sus decisiones habían llevado a esta situación. —No quiero que arriesguen su vida por mis errores.

—Pero no podemos permitir que el miedo nos controle —intervino Isabelle—. Necesitamos hacer algo al respecto. Debemos enfrentarlos.

Blackburn observó cómo la dinámica dentro de la familia se intensificaba. La decisión de Maxwell de compartir su pasado había abierto una herida que estaba lejos de sanar, y el ambiente se volvió tenso. Las emociones estaban a flor de piel, y la presión de la situación hacía que todos sintieran el peso de sus decisiones.

—Podemos llevar a cabo una investigación —sugirió Blackburn, levantando la mano para atraer la atención—. Si hay alguien que pueda ayudarnos a identificar a esos hombres, necesitamos hablar con él. No podemos quedarnos aquí esperando que el próximo ataque ocurra.

La familia miró a Blackburn con una mezcla de esperanza y desconfianza. Maxwell, sin embargo, parecía dudar. —No sé si sería prudente. Esos hombres son peligrosos, y no quiero poner en riesgo a nadie más.

—Pero si nos mantenemos en la sombra, ellos seguirán atacándonos —replicó Isabelle, su voz firme—. Necesitamos salir a la luz y tomar el control de la situación.

Natalie asintió, apoyando las palabras de Isabelle. —No podemos vivir con miedo. Papá, si has estado lidiando con esto por tanto tiempo, entonces es hora de que tomemos acción juntos.

Maxwell sintió cómo el peso de sus decisiones lo abrumaba. Su familia estaba lista para enfrentarse a la amenaza, pero él dudaba. Era una lucha entre proteger a sus seres queridos y afrontar un pasado que parecía interminable.

—De acuerdo. Si están decididos a hacerlo, yo también lo estoy. —Maxwell finalmente se rindió, su voz llena de resignación—. Pero debemos tener cuidado. No podemos subestimar su poder.

La sala se llenó de un silencio reflexivo mientras la familia comenzaba a aceptar la realidad de la situación. Sabían que el camino hacia adelante sería difícil, pero estaban decididos a enfrentar sus miedos juntos. La lucha por el control de su destino se había intensificado, y cada uno de ellos tenía un papel que desempeñar.

Con un renovado sentido de determinación, comenzaron a trazar un plan para investigar la historia que Maxwell había revelado. Cada uno de ellos se comprometió a buscar respuestas y confrontar a aquellos que podrían estar detrás de los recientes ataques. Blackburn, Dupont e Isabelle se unieron a la causa, dispuestos a descubrir la verdad y proteger a la familia Sinclair de las sombras que amenazaban con engullirlos.

La noche avanzaba, y mientras se sumergían en los detalles de su plan, el juego de poder se había transformado. No solo estaban enfrentando a un asesino, sino que también estaban luchando contra los secretos de su propio linaje. La conexión entre el pasado y el presente se había vuelto evidente, y sabían que cada decisión que tomaran podría cambiar el rumbo de sus vidas para siempre.

Capítulo 18: El Mensaje del Asesino

La madrugada había sido inquieta en la mansión Sinclair. El sonido de las gotas de lluvia golpeando los cristales parecía sincronizado con el ritmo acelerado de los corazones de los presentes. Tras la reunión familiar, la tensión no había disminuido; al contrario, había aumentado en la oscuridad de la noche. Los miembros de la familia habían decidido quedarse juntos, conscientes de que el peligro aún acechaba.

La luz de la mañana se filtró a través de las cortinas, pero el ambiente seguía cargado de ansiedad. Maxwell había insistido en que la familia desayunara junta, pero el silencio se hacía incómodo. Cada uno de ellos parecía perdido en sus propios pensamientos, reviviendo la revelación del pasado de su padre y el potencial peligro que ello implicaba.

Fue en ese momento que sonó el timbre de la puerta. Un escalofrío recorrió la espalda de todos, y una mirada de incertidumbre se intercambió entre ellos. Dupont y Blackburn, que se habían quedado a dormir en la mansión para proteger a los Sinclair, se miraron con preocupación.

—Voy a abrir —dijo Blackburn, levantándose de la mesa con cautela. Sus pasos resonaron en el pasillo mientras se acercaba a la entrada. Al abrir la puerta, se encontró con un mensajero que sostenía un paquete envuelto en papel kraft.

—¿Para quién es? —preguntó Blackburn, sintiendo una extraña inquietud.

—No estoy seguro, señor, pero dice que es urgente —respondió el mensajero, su voz temblorosa.

Blackburn tomó el paquete y, después de cerrar la puerta, se dirigió de nuevo a la sala. El ambiente seguía tenso mientras colocaba el paquete sobre la mesa.

—¿Qué tienes ahí? —preguntó Natalie, inclinándose hacia adelante con interés.

—Un mensaje. Alguien lo dejó en la puerta —respondió Blackburn, sintiendo cómo la tensión aumentaba en la habitación.

Con manos temblorosas, abrió el paquete. Dentro encontró un sobre negro con la palabra "Urgente" escrita en letras rojas. El resto del paquete estaba vacío, lo que aumentó la inquietud de todos. Blackburn sacó el sobre y lo abrió con cuidado. El olor a papel viejo y tinta se mezcló con la atmósfera pesada de la habitación.

Dentro del sobre había una carta. La leyenda en la parte superior era clara y desconcertante: "La verdad siempre encuentra la manera de salir a la luz." Blackburn comenzó a leer en voz alta, su tono grave resonando en el silencio:

"Queridos Sinclair,

He estado observando. Sé más de lo que imaginan. Cada uno de ustedes guarda secretos, y la sombra de su pasado los perseguirá hasta que se enfrenten a ella. La historia se repite, y aquellos que no aprenden de sus errores están condenados a repetirlos.

No solo es mi venganza la que busco. Es justicia. La familia que creen conocer tiene raíces más oscuras de lo que podrían haber pensado. En breve, los llevaré a un lugar donde la verdad será revelada. Estén preparados para el momento en que las máscaras se caigan y se enfrenten a la realidad.

Atentamente,

El Vengador."

Un escalofrío recorrió la sala. Cada palabra golpeó como un martillo en sus corazones. La revelación del contenido de la carta sacudió a los Sinclair. Todos parecían pensar lo mismo: ¿quién era realmente este "Vengador" y qué quería de ellos?

—Esto es un juego psicológico —dijo Isabelle, con una mirada de desasosiego—. El asesino quiere que nos sintamos vulnerables. Está jugando con nuestra mente.

Maxwell palideció mientras reflexionaba sobre el mensaje. —Esto está relacionado con mi pasado. La forma en que habla de secretos... Es como si supiera más de nosotros de lo que hemos compartido.

Dupont tomó la palabra, buscando la lógica en medio del caos. —Debemos analizar cada palabra. Hay algo aquí que podría ser una pista. La mención de la justicia... parece que no se trata solo de venganza. Quizá haya algo más en juego.

Natalie asintió, tomando el control de la situación. —Si este "Vengador" sabe de nuestro pasado, tal vez podamos usar eso a nuestro favor. Necesitamos descubrir quién podría ser.

—La carta dice que nos llevará a un lugar donde la verdad será revelada. —La voz de Blackburn resonó con firmeza—. Debemos prepararnos para lo que venga. Pero también debemos asegurarnos de que estemos protegidos.

La reunión se tornó intensa mientras cada uno comenzaba a reflexionar sobre sus secretos. La atmósfera se volvió densa con la desconfianza y la angustia que suscitaba el mensaje. La familia había estado lidiando con sus propios demonios, pero ahora, la verdad parecía estar al alcance de su mano.

—¿Quién más podría saber sobre nosotros? —preguntó Isabelle, mirando a su alrededor—. No hemos compartido muchos detalles con nadie fuera de esta casa.

—Quizá alguien de nuestro pasado que pensábamos que estaba fuera de nuestras vidas —respondió Maxwell, su mente volviendo a aquellos días oscuros de su juventud.

El silencio se instaló de nuevo, mientras cada uno de ellos parecía perderse en sus propios pensamientos. De repente, Dupont rompió el silencio. —Tal vez deberíamos considerar la posibilidad de que el asesino esté más cerca de lo que creemos.

Las palabras de Dupont resonaron en la mente de todos. Se miraron entre sí, sopesando la gravedad de la afirmación.

—¿Cómo podríamos saberlo? —preguntó Natalie, sintiendo cómo la angustia se apoderaba de ella.

—Tal vez deberíamos revisar a quienes hemos estado cerca últimamente —sugirió Blackburn—. Cualquier persona que haya mostrado interés en nosotros o que haya estado en los lugares donde hemos estado.

La sala se llenó de murmullos mientras cada uno comenzaba a recordar. En medio de la confusión, el miedo se convirtió en determinación. La familia Sinclair estaba decidida a no dejarse vencer.

—Si el asesino quiere jugar, entonces lo haremos a su juego. No dejaremos que el miedo nos controle —dijo Maxwell, recuperando un poco de su autoridad.

Isabelle miró a su padre con admiración. —Estoy de acuerdo. Vamos a investigar esto juntos. Si hay algo que necesitamos descubrir, lo haremos como familia.

Con el plan establecido, la tensión en la sala comenzó a disiparse. Sin embargo, la inquietud seguía latente en el aire. Sabían que el camino por delante sería peligroso y que el "Vengador" tenía en mente una agenda que podría destruirlos. Cada uno de ellos tenía sus propios secretos, y ahora esos secretos podrían ser la clave para resolver el enigma que se cernía sobre ellos.

Con determinación renovada, comenzaron a elaborar un plan para descubrir quién estaba detrás de la carta y, más importante aún, quién era el asesino. Pero a medida que se preparaban para lo que vendría, el peso de la revelación del pasado seguía pesando sobre sus hombros. La familia Sinclair se estaba adentrando en un juego peligroso, y no sabían hasta dónde los llevaría.

Capítulo 19: Captura Fallida

El ambiente en la mansión Sinclair estaba tenso, cargado de un aire pesado que parecía presagiar lo inevitable. Blackburn y Dupont habían estado trabajando sin descanso, analizando cada pista, cada movimiento del asesino, convencidos de que su próxima jugada sería crucial para la resolución del caso. Tras el último mensaje del "Vengador", la urgencia se había intensificado. Era el momento de actuar.

Se había establecido un plan para interceptar al asesino en un lugar que había sido identificado como su posible refugio. Según la información recabada, el asesino se había dejado llevar por la arrogancia, creyendo que podía burlarse de ellos indefinidamente. Dupont había coordinado la operación, preparando un despliegue policial alrededor de una antigua fábrica abandonada en las afueras de París.

Aquella mañana, Blackburn se despertó temprano, la mente llena de pensamientos agitados. Había soñado con el rostro del asesino, su figura esbelta moviéndose ágilmente en la oscuridad, siempre un paso por delante. No podía permitir que eso sucediera. La imagen se repitió en su mente mientras se preparaba, y aunque su cuerpo estaba cansado, su determinación era más fuerte que nunca.

La familia Sinclair había sido informada de la operación y, aunque intentaron mantener la calma, todos estaban conscientes de que el peligro no había desaparecido. Natalie y Isabelle intercambiaron miradas cargadas de ansiedad, sabiendo que la captura del asesino era crucial para su seguridad.

—Vamos a atrapar a este tipo de una vez por todas —dijo Blackburn, mientras revisaba su equipo. Su voz era firme, pero en su interior, una mezcla de ansiedad y frustración comenzaba a emerger.

El sol apenas asomaba en el horizonte cuando llegaron a la fábrica. El lugar tenía un aire sombrío, lleno de sombras y ecos del pasado. A pesar de la belleza del amanecer, la atmósfera era pesada. Un grupo de oficiales se agrupó alrededor de Dupont, quien delineaba el plan de acción.

—Recuerden, no subestimen a nuestro objetivo. Es astuto y peligroso —advirtió Dupont. Sus ojos se posaron en Blackburn—. Mantén la calma. No te dejes llevar por la frustración.

Blackburn asintió, pero sabía que la presión estaba en su mente. Se sentía responsable de mantener a salvo a los Sinclair, y la posibilidad de que el asesino se escapara nuevamente era una carga que no podía soportar. Con una mezcla de determinación y nerviosismo, se adentraron en el interior de la fábrica.

Las paredes estaban cubiertas de grafitis y el aire era denso, impregnado de humedad y un ligero olor a moho. La luz del sol se filtraba a través de las ventanas rotas, creando un juego de sombras que hacía que cada esquina pareciera amenazante. El equipo avanzó en formación, sus pasos resonando en el suelo de concreto.

Al llegar al centro del edificio, la tensión creció. Blackburn dio órdenes en voz baja, su voz firme pero contenida. Se dividieron en grupos para cubrir más terreno. Sin embargo, a medida que se movían por la fábrica, la inquietud comenzó a crecer en su interior. El silencio era abrumador, y cada crujido de la estructura parecía un eco de su propia ansiedad.

De repente, uno de los oficiales al mando de Blackburn gritó. —¡Lo vi! ¡Está en la planta superior!

Blackburn sintió un estallido de adrenalina y se lanzó hacia la escalera que conducía al segundo piso, con Dupont siguiéndolo de cerca. Subieron rápidamente, el sonido de sus pasos resonando como un tambor en el silencio de la fábrica.

—¡No lo dejen escapar! —gritó Blackburn, sintiendo cómo la frustración comenzaba a transformarse en rabia. Su mente no podía permitir una segunda falla. Tenía que atraparlo.

Cuando llegaron al segundo piso, encontraron el área desierta. Los escombros y las sombras parecían moverse en la penumbra, pero no había rastro del asesino. Sin embargo, un ruido proveniente de una de las habitaciones adyacentes los alertó. Blackburn y Dupont se miraron, y ambos sabían que tenían que actuar rápidamente.

Con cautela, se acercaron a la puerta. Blackburn sintió cómo su corazón latía con fuerza mientras empujaba la puerta. La habitación estaba vacía, pero en el suelo había una mochila, abierta, con un cuchillo y una linterna que emitía un tenue brillo.

—¿Dónde está? —murmuró Dupont, mirando a su alrededor.

—Debemos dividirnos. Tal vez aún esté en la fábrica —sugirió Blackburn, el miedo creciendo en su interior. La idea de que el asesino pudiera estar escondido cerca los inquietaba.

Sin embargo, cuando comenzaron a moverse nuevamente, un grito resonó desde el primer piso. Era Natalie. Su voz se llenó de terror. Blackburn sintió que su corazón se detenía.

—¡Natalie! —gritó, corriendo hacia la escalera, Dupont detrás de él. La desesperación lo empujó a moverse más rápido, cada escalón resonando en su mente.

Al llegar al primer piso, la escena era caótica. Varios oficiales estaban tratando de controlar la situación, mientras Natalie, pálida y temblando, era sostenida por Isabelle.

—¡Me siguió! —exclamó Natalie, su voz temblorosa—. ¡El asesino estaba aquí!

Blackburn miró a su alrededor, buscando cualquier señal del "Vengador". En medio del caos, pudo ver que una de las ventanas del lado opuesto del edificio estaba abierta. Su corazón se hundió.

—Se escapó —dijo, casi en un susurro, sintiendo una mezcla de frustración e impotencia. Había llegado tan cerca, solo para perderlo nuevamente.

Dupont se giró hacia Blackburn, sus ojos llenos de furia. —No podíamos haberlo sabido. A veces, estas cosas suceden.

—No es suficiente —respondió Blackburn, su voz tensa. La frustración lo consumía. Sabía que cada vez que el asesino escapaba, se acercaba un poco más a dañar a la familia Sinclair.

Isabelle, aun temblando, se acercó a ellos. —¿Qué vamos a hacer ahora? Esto no puede seguir así. No podemos vivir con miedo.

La tensión creció entre ellos. Blackburn sintió que la presión aumentaba, no solo por el asesino, sino por la creciente desconfianza que comenzó a surgir entre ellos.

—¿Y si este es solo el comienzo? —preguntó Natalie, su voz llena de inquietud—. ¿Y si vuelve a por nosotros?

Blackburn se sintió impotente. Sabía que no podía dejar que el miedo se apoderara de ellos, pero la realidad del fracaso era dura. La relación entre él e Isabelle, que había comenzado a fortalecerse en medio de la crisis, se estaba volviendo cada vez más frágil. Se miraron, ambos sintiendo la presión del momento.

—Necesitamos ser más cuidadosos. Debemos reforzar la seguridad, aumentar las rondas y no dejar a nadie solo —dijo Dupont, intentando calmar la situación.

Blackburn asintió, pero en su interior, sabía que cada decisión pesaba en sus hombros. La frustración lo consumía. No podía permitir que el asesino tuviera control sobre sus vidas. Había fallado en su misión, y eso no podía suceder de nuevo.

La tarde se volvió gris, y la sensación de derrota se extendió en la habitación. La familia Sinclair se sintió vulnerable, el lazo que los unía comenzaba a desgastarse. A medida que la noche se acercaba, Blackburn sabía que el verdadero desafío apenas comenzaba. El asesino había logrado escapar, pero la batalla estaba lejos de terminar.

Capítulo 20: La Conexión Revelada

La mañana había llegado con una niebla densa que cubría París, lo que sumaba una atmósfera sombría al ya tenso ambiente en la mansión Sinclair. Isabelle, con su mente repleta de dudas y preguntas, se encontraba en la biblioteca, rodeada de libros antiguos y documentos polvorientos. Había decidido investigar más a fondo la historia de la familia, convencida de que alguna conexión entre las víctimas y un antiguo escándalo podía existir.

Con cada hoja que pasaba, la inquietud en su interior crecía. Había pasado días revisando registros familiares, noticias antiguas y cualquier cosa que pudiera ayudar a desenterrar el pasado de los Sinclair. En un rincón de la biblioteca, encontró un viejo álbum de recortes, lleno de artículos amarillentos. Sus manos temblaban levemente mientras lo abría, la expectativa llenando cada rincón de su mente.

Los primeros recortes hablaban de la familia Sinclair como una de las más prominentes en la alta sociedad parisina, pero rápidamente se oscurecieron con noticias de un escándalo que había sacudido a la familia décadas atrás. Isabelle leyó sobre un fraude financiero que involucraba a varios miembros de la familia, un escándalo que había llevado a la ruina a varios socios comerciales y que había terminado con la vida de uno de ellos en circunstancias misteriosas.

Mientras seguía leyendo, se topó con un artículo que mencionaba un oscuro secreto: un acuerdo encubierto que había permitido a los Sinclair salir ilesos de una situación potencialmente devastadora. Un sentimiento de inquietud la invadió; el relato de la familia era más complejo de lo que había imaginado. La relación de los Sinclair con otras familias influyentes parecía estar manchada por la traición y la corrupción.

Isabelle continuó buscando más información, pasando las páginas con rapidez. Finalmente, se encontró con una foto de un grupo de hombres y mujeres en un evento benéfico, todos sonrientes, pero uno de ellos llamó su atención: un hombre de mediana edad con una expresión severa, cuyos ojos parecían esconder un secreto. Había una nota al pie que identificaba al hombre como Victor Moreau, un empresario cuyo nombre había aparecido en varios informes relacionados con el escándalo.

Su instinto le decía que había algo más que simplemente coincidencias. Con el nombre de Moreau en mente, decidió investigar más sobre él. Su búsqueda la llevó a registros públicos y bases de datos que contenían información sobre las conexiones familiares y comerciales en París. No tardó en descubrir que Moreau había sido un antiguo socio de los Sinclair, pero lo que realmente la sorprendió fue su conexión con las víctimas actuales.

La primera víctima, un joven empresario llamado Julien Bernard, había trabajado estrechamente con Moreau en proyectos previos. La segunda víctima, Clara Fontaine, también había tenido tratos comerciales con él. El hilo invisible que unía a estos asesinatos comenzaba a entrelazarse con el pasado oscuro de la familia Sinclair.

Con cada descubrimiento, Isabelle sentía que estaba un paso más cerca de entender la motivación detrás de los asesinatos. ¿Podría ser que el asesino buscaba venganza por el escándalo que había arruinado su vida o la de sus seres queridos? La idea era aterradora, pero tenía sentido. Isabelle se dio cuenta de que cada víctima representaba una parte de un rompecabezas que había estado mal ensamblado durante años.

La presión se intensificaba mientras los pensamientos giraban en su cabeza. Se levantó y se dirigió a la oficina de Blackburn, decidida a compartir sus hallazgos. Al llegar, lo encontró revisando informes en la mesa, su rostro marcando el desgaste de la última semana.

—Blackburn —dijo, intentando captar su atención. Cuando él levantó la vista, notó la intensidad en su mirada—. Necesito hablar contigo. Creo que he encontrado algo importante.

Blackburn la observó, el interés brotando en sus ojos. —¿Qué descubriste?

Isabelle le mostró los recortes y la foto de Victor Moreau. Mientras explicaba cómo Moreau estaba vinculado a las víctimas y al escándalo que había asediado a los Sinclair, Blackburn frunció el ceño.

—Esto podría ser significativo —respondió, tomando uno de los artículos y examinándolo—. Pero, ¿cómo conecta esto con el asesino? ¿Qué motivación tendría para eliminar a estas personas ahora, tantos años después?

—Si alguien fue afectado por el escándalo —continuó Isabelle—, podría estar buscando venganza. Tal vez estas muertes no son aleatorias; tal vez están conectadas con algo que sucedió en el pasado.

La mente de Blackburn giraba rápidamente, procesando la información. —Necesitamos más detalles sobre Moreau. Si él estaba involucrado en el escándalo, es posible que haya dejado una huella, un rastro que podamos seguir.

Isabelle asintió, sintiendo que estaban en el camino correcto. —Podría intentar rastrear a sus descendientes o ver si hay alguna conexión entre él y las víctimas actuales.

El ambiente en la oficina cambió de tenso a electrizante. Blackburn se levantó de su silla, decidido a actuar. —Voy a hablar con Dupont. Necesitamos que esto se convierta en una prioridad. Si el asesino está detrás de esto, no podemos dejarlo suelto.

A medida que Blackburn se alejaba, Isabelle sintió una oleada de esperanza. Habían estado a merced del miedo durante demasiado tiempo, y ahora, finalmente, parecían tener un camino hacia la verdad. Sin embargo, la revelación de la conexión entre las víctimas y el antiguo escándalo también le trajo una sensación de inquietud.

Mientras Blackburn se marchaba, Isabelle decidió continuar su investigación, regresando a la biblioteca para profundizar aún más en el pasado de Victor Moreau. Necesitaba entender quién era realmente este hombre y cómo podía estar relacionado con el ciclo de venganza que se había desatado.

A medida que continuaba su búsqueda, su mente se llenaba de preguntas. ¿Qué había sucedido con Moreau después del escándalo? ¿Había alguien más que pudiera estar involucrado en esta trama de traición y asesinato? Con cada respuesta que encontraba, las preguntas se multiplicaban.

Después de horas de búsqueda, finalmente se topó con un viejo archivo que contenía información sobre Moreau y su familia. Descubrió que, tras el escándalo, había desaparecido del ojo público. No había más menciones sobre él en las noticias, y sus negocios parecían haberse esfumado. Sin embargo, había una mención de una hija, Eloise, quien había estado involucrada en organizaciones benéficas y eventos sociales.

Isabelle se sintió intrigada. Tal vez Eloise pudiera tener información sobre su padre o sobre el escándalo. Sin perder tiempo, comenzó a buscar cualquier pista que pudiera llevarla a ella. Los días pasaron y la presión aumentaba, pero Isabelle se negaba a rendirse. Sabía que cada momento era crucial.

Finalmente, encontró una dirección asociada a Eloise Moreau en un pequeño barrio de París. Decidió que debía hablar con ella, convencida de que tenía información vital que podría ayudar a resolver el caso. Se preparó mentalmente para lo que podía enfrentar, sabiendo que el camino hacia la verdad podía ser más peligroso de lo que había anticipado.

Al día siguiente, se dirigió a la dirección que había encontrado. La casa era pequeña y acogedora, con un jardín descuidado que parecía haber sido olvidado por el tiempo. Con el corazón latiendo con fuerza, Isabelle llamó a la puerta. No sabía qué esperar, pero la necesidad de respuestas la empujaba hacia adelante.

La puerta se abrió lentamente, revelando a una mujer de unos cuarenta años con un aire de tristeza en su mirada.

—¿Puedo ayudarla? —preguntó Eloise, mirándola con curiosidad.

—Hola, soy Isabelle. Estoy investigando una serie de asesinatos que están relacionados con su padre, Victor Moreau —dijo Isabelle, sintiendo cómo su voz temblaba. Era un riesgo, pero sabía que era necesario.

La expresión de Eloise cambió. Sus ojos se ensancharon con sorpresa, y luego, lentamente, la tristeza se apoderó de su rostro.

—¿Mi padre? —susurró, como si la palabra tuviera un peso que no podía soportar.

Isabelle sintió una punzada de compasión. —Sí, creo que hay cosas que necesita saber. Puedo ayudarla si me deja.

Eloise dudó por un momento, pero luego asintió, abriendo más la puerta. Isabelle sintió una oleada de alivio al ser admitida, pero también una profunda preocupación. La conexión entre el pasado y el presente se volvía más tangible, y sabía que estaba cada vez más cerca de descubrir la verdad.

La conversación fluyó con dificultad al principio, pero a medida que Eloise comenzaba a abrirse, Isabelle entendió que estaba a punto de descubrir un secreto que había permanecido oculto durante demasiado tiempo. El pasado de los Sinclair y los Moreau estaba entrelazado de formas que apenas comenzaban a entender.

Eloise le contó sobre la vida de su padre antes del escándalo, la reputación que había tenido y cómo su vida se desmoronó de la noche a la mañana. Cada palabra revelaba un nuevo matiz de la historia que Isabelle había comenzado a desentrañar. La motivación del asesino se estaba volviendo más clara, y la conexión entre las víctimas y la familia Sinclair se sentía cada vez más real.

A medida que la tarde avanzaba, Isabelle supo que estaba a punto de cruzar un umbral que cambiaría todo. La verdad estaba al alcance, pero también lo estaba el peligro.

—No sé si mi padre estaba involucrado en algo más oscuro, pero siempre hubo murmullos —dijo Eloise, su voz temblando. Isabelle notó la angustia en sus ojos, y comprendió que estaban tocando un tema delicado.

La revelación de Eloise resonó en la mente de Isabelle. El escándalo no solo había dañado a los Sinclair; también había dejado cicatrices profundas en la vida de la familia Moreau.

Con cada fragmento de información, Isabelle comenzó a ver cómo los hilos del pasado se entrelazaban con la brutalidad del presente. La conexión se había revelado, y con ello, la posibilidad de que el asesino estuviera más cerca de ellos de lo que jamás habían imaginado.

Capítulo 21: Lazos de Sangre

La tarde se tornó oscura y pesada en la mansión Sinclair, como si las nubes bajas reflejaran la creciente tensión que embargaba a sus habitantes. Isabelle y Blackburn se reunieron con Natalie en el estudio, donde la atmósfera era tensa, casi palpable. Sabían que la situación se había vuelto más crítica tras los recientes descubrimientos, y la familia Sinclair parecía estar en un punto de quiebre.

Natalie, de pie frente a una ventana, contemplaba el paisaje gris que se extendía más allá del jardín. Su expresión era grave, casi distante. Blackburn intercambió una mirada con Isabelle, ambos sintiendo la urgencia de entender lo que estaba pasando por la mente de la joven.

—Natalie —comenzó Blackburn, tratando de romper el silencio—, necesitamos saber si hay algo más que debamos considerar. Cualquier información que puedas darnos es crucial.

La joven se dio la vuelta, sus ojos reflejaban una mezcla de determinación y temor. —Lo sé, y es por eso que quiero hablar. Hay algo que no he compartido con ustedes, algo que ha estado pesando sobre mi familia durante años.

Isabelle sintió cómo su corazón latía con fuerza. La inquietud en la voz de Natalie anunciaba que lo que estaba a punto de revelar no sería fácil de escuchar. Se acercó un poco más, preparándose para lo que viniera.

—Mi madre siempre ha hablado de la historia de nuestra familia, pero hay un capítulo que nunca quiso que supiéramos —continuó Natalie, su voz temblando levemente—. Hay secretos oscuros en nuestro linaje, cosas que podrían destruirnos.

Blackburn hizo un gesto para que siguiera. —¿De qué se trata exactamente?

Natalie respiró hondo, como si recogiera fuerzas. —Hay una historia sobre un ancestro, un Sinclair que se involucró en actividades ilegales. Se dice que la familia siempre ha estado envuelta en escándalos, pero lo que mi madre nunca compartió es que hubo un crimen particularmente atroz: un asesinato encubierto.

Isabelle frunció el ceño, sintiendo que cada palabra de Natalie resonaba en su mente. —¿Un asesinato? ¿De quién estamos hablando?

Natalie desvió la mirada, como si las palabras le costaran. —Mi bisabuelo. Él fue acusado de asesinar a un socio comercial que amenazaba con revelar secretos sobre su negocio. Pero nunca se llegó a un juicio; la familia encubrió todo. Desde entonces, se ha transmitido el temor de que el pasado pueda regresar para atormentarnos.

Blackburn y Isabelle intercambiaron miradas. La historia era inquietante, y las implicaciones de lo que acababa de revelar podrían ser más profundas de lo que pensaban.

—¿Crees que esto tiene algo que ver con los asesinatos recientes? —preguntó Blackburn, su tono grave.

Natalie asintió, su expresión volviéndose aún más seria. —Sí. Desde que comenzaron las muertes, he sentido que el pasado nos persigue. A veces pienso que alguien está tratando de vengarse por lo que hizo mi bisabuelo.

Isabelle sintió que un escalofrío le recorría la espalda. La idea de que el pasado pudiera influir en el presente era aterradora. —¿Tienes pruebas de esto? Algo que nos pueda ayudar a entender mejor la situación.

Natalie se cruzó de brazos, su mirada intensa. —He encontrado cartas y documentos antiguos en el desván. Mi madre me advirtió que no me involucrara, pero no puedo quedarme de brazos cruzados mientras la vida de las personas está en juego.

—¿Dónde están esos documentos? —preguntó Isabelle, ansiosa por descubrir más.

—En el desván de la mansión, en una vieja caja que siempre creí que estaba vacía. Hay cosas que podrían conectar a nuestra familia con los eventos actuales —respondió Natalie, decidida.

Sin perder un segundo, Blackburn se levantó. —Vamos al desván. Necesitamos esa información.

Natalie asintió, y los tres se dirigieron rápidamente hacia la parte trasera de la casa, donde se encontraba el desván. A medida que subían las escaleras crujientes, la tensión aumentaba. Isabelle podía sentir el peso de la historia sobre ellos, como si el pasado estuviera a punto de revelar sus secretos.

El desván era un lugar oscuro y polvoriento, lleno de muebles cubiertos por sábanas y cajas apiladas. La luz que se filtraba por una pequeña ventana iluminaba el espacio, creando sombras danzantes que parecían observarlos. Natalie se dirigió hacia una esquina, donde una caja vieja de madera estaba parcialmente cubierta por telarañas.

—Aquí está —dijo Natalie, arrodillándose para abrir la tapa. Su voz temblaba con la mezcla de nervios y anticipación.

Isabelle se agachó junto a ella, observando cómo las hojas amarillentas y los documentos antiguos emergían de la caja. Cada uno parecía contar una historia, un eco del pasado que había sido cuidadosamente enterrado.

Natalie comenzó a revisar los papeles, sus manos temblorosas sacando cartas y fotografías. Isabelle tomó una de las cartas y la examinó. La escritura era elegante, pero las palabras estaban llenas de desesperación.

—"No puedo soportar más este secreto. La culpa me consume..." —leyó en voz alta.

Las palabras resonaron en el silencio del desván. Natalie se detuvo, con los ojos bien abiertos, como si finalmente entendiera la gravedad de lo que estaba leyendo.

—Mi bisabuelo estaba aterrado. Debió haber sentido que las cosas se le escapaban de las manos —murmuró Natalie, su voz apenas un susurro.

A medida que continuaban revisando los documentos, una fotografía en particular captó la atención de Isabelle. Era un retrato de una reunión familiar, y en la parte posterior estaba escrito el nombre de cada persona. Sin embargo, uno de los nombres llamó su atención: estaba el nombre de Victor Moreau, el hombre que habían investigado previamente.

—¿Es esto...? —Isabelle preguntó, mostrándole la fotografía a Blackburn y Natalie.

—Sí —respondió Natalie, con la mirada fija en la imagen—. Él fue un buen amigo de la familia durante mucho tiempo. Pero no sabía que estaba presente en este escándalo.

—Podría haber sido un testigo clave —dijo Blackburn, su voz llena de consideración. —Si el asesinato de tu bisabuelo se encubrió, y Moreau estaba involucrado, esto podría explicar por qué ahora hay personas que buscan venganza.

La sensación de que las piezas del rompecabezas estaban comenzando a encajar llenó el aire. Pero al mismo tiempo, la tensión crecía. Isabelle sabía que la revelación del oscuro secreto de la familia Sinclair podía tener repercusiones profundas, no solo para ellos, sino también para la vida de Blackburn e Isabelle.

De repente, un ruido sordo resonó en el fondo de la casa. Todos se quedaron en silencio, intercambiando miradas de preocupación.

—¿Qué fue eso? —preguntó Natalie, su voz llena de miedo.

—No lo sé, pero deberíamos ir a ver —dijo Blackburn, levantándose rápidamente y dirigiéndose hacia la puerta. Isabelle y Natalie lo siguieron de cerca, el corazón latiendo en sus pechos.

Mientras caminaban hacia la escalera, el silencio se volvió abrumador. Cada crujido del suelo parecía amplificarse en el aire denso de la casa. Al llegar al primer piso, la tensión era palpable.

—¿Alguien está aquí? —gritó Blackburn, su voz resonando en el vacío. No hubo respuesta, solo un silencio inquietante.

De repente, una sombra se movió rápidamente en el pasillo. Todos se congelaron, el miedo se apoderó de ellos. Blackburn tomó la delantera, guiándolos con precaución hacia la dirección del movimiento.

Al acercarse, notaron que la puerta del estudio estaba entreabierta. Blackburn se acercó sigilosamente y empujó la puerta, solo para encontrar la habitación vacía. Pero el aire estaba cargado de una sensación amenazante, como si alguien hubiera estado allí momentos antes.

—¿Hay alguien aquí? —dijo de nuevo, esta vez con una voz más firme.

La puerta principal de la casa estaba abierta, dejando entrar una brisa fría. A Isabelle le pareció que algo no estaba bien, como si su instinto le advirtiera de un peligro inminente.

—Debemos salir de aquí —dijo Isabelle, sintiendo que la presión aumentaba. —No sé si deberíamos seguir investigando.

Natalie asintió, asustada. —No puedo poner en riesgo a mi familia.

Pero Blackburn, aunque comprendía su miedo, parecía decidido a no rendirse. —Si hay alguien que nos está observando, debemos enfrentarlo. La única forma de entender lo que está sucediendo es averiguar quién está detrás de esto.

A medida que Blackburn hablaba, la tensión crecía. Isabelle sintió que las palabras de Natalie resonaban en su mente. La revelación del oscuro secreto familiar ya había puesto a todos en peligro, y si el asesino estaba cerca, su vida y la de Blackburn estaban en juego.

—Vamos a regresar al desván y asegurarnos de que nadie haya encontrado lo que hemos descubierto —dijo Isabelle, buscando la forma de mantener a todos a salvo.

El trío regresó al desván, sintiendo la necesidad de ocultar lo que habían aprendido. Sabían que el conocimiento de la historia familiar de los Sinclair era un arma de doble filo, y el riesgo que enfrentaban era mayor que nunca.

Mientras se encerraban de nuevo en el desván, el sentimiento de que estaban atrapados en un juego mortal se hizo evidente. Los lazos de sangre, que una vez los unieron, ahora parecían ser una fuente de peligro, y la historia que habían desenterrado podría ser la clave para salvarlos o condenarlos.

Capítulo 22: Venganza en la Noche

La noche se cernía sobre la mansión Sinclair como un manto oscuro, cubriendo la casa con un silencio inquietante. El aire era fresco y tenso, mientras que la luna, oculta tras densas nubes, apenas lograba iluminar el sendero que conducía hacia la entrada. En el interior, Blackburn, Isabelle y Natalie se encontraban reunidos en el desván, sus corazones latían con fuerza ante la inminente amenaza que acechaba en la oscuridad.

El descubrimiento del oscuro secreto familiar había elevado la tensión a niveles insostenibles, y el peso de las revelaciones aún pesaba sobre ellos. Isabelle podía sentir cómo la adrenalina comenzaba a correr por sus venas. Sabía que el asesino no se detendría hasta lograr lo que había planeado. Mientras Blackburn revisaba los documentos antiguos que habían encontrado, la ansiedad aumentaba en la habitación.

—Debemos prepararnos para cualquier cosa —dijo Blackburn, rompiendo el silencio—. Si hay algo que hemos aprendido es que no podemos subestimar al asesino.

Natalie asintió, pero su rostro mostraba signos de nerviosismo. —¿Y si nos ataca aquí? ¿No sería mejor salir y buscar ayuda?

—No podemos permitir que se escape. Si nos ataca, necesitamos estar listos para enfrentarle —respondió Blackburn, manteniendo la determinación en su voz.

Isabelle miró por la ventana, el viento soplaba con fuerza, haciendo que las ramas de los árboles golpearan contra el cristal. Era un sonido inquietante que reflejaba el caos que se avecinaba. De repente, un grito desgarrador resonó en la distancia, congelando el aliento en sus gargantas.

—¿Qué fue eso? —preguntó Isabelle, con la piel erizada.

—No lo sé, pero suena como si viniera de afuera —dijo Natalie, su voz temblorosa—. Debemos ir a ver.

Blackburn tomó la delantera, su instinto policial lo guiaba mientras bajaba las escaleras con rapidez, seguido por Isabelle y Natalie. El pasillo estaba en penumbras, y cada sombra parecía cobrar vida, acechándolos. Al llegar al vestíbulo, se encontraron con una escena de caos. La puerta principal estaba abierta de par en par, y una ráfaga de viento gélido atravesó el espacio, como si la propia noche estuviera invitando al peligro a entrar.

De repente, el sonido de cristales rompiéndose resonó desde la parte trasera de la casa, seguido de pasos apresurados. Blackburn se giró hacia Isabelle y Natalie, gesticulando con urgencia.

—Quédense detrás de mí —ordenó.

Al avanzar hacia la cocina, el aire se tornó más denso y cargado de una tensión palpable. Isabelle no podía sacudirse la sensación de que estaban siendo observados. Cada rincón de la casa parecía esconder un secreto oscuro. Cuando llegaron a la cocina, la escena que encontraron les heló la sangre.

Un hombre de pie junto a la ventana, con un cuchillo en la mano y la mirada fija en ellos. Su rostro estaba parcialmente cubierto con una máscara oscura, pero sus ojos ardían con una furia contenida.

—¡Ustedes! —gritó, su voz un eco de rabia. Blackburn se puso a la defensiva, listo para actuar.

—¿Quién eres? —preguntó Blackburn, intentando mantener la calma mientras evaluaba la situación.

—¿Quién soy? —repitió el asesino, riendo de manera burlona. —Soy la sombra que ha estado acechando a su familia. ¡Soy la venganza!

Isabelle sintió un escalofrío recorrer su espalda mientras el hombre avanzaba hacia ellos, el cuchillo reluciendo a la luz tenue de la cocina. Blackburn dio un paso al frente, su mente trabajando a mil por hora.

—No tienes que hacer esto —dijo, tratando de apelar a la razón. —No tienes por qué seguir este camino.

El asesino se detuvo, su risa se desvaneció, y por un breve momento, pareció dudar. Pero rápidamente, el odio regresó a su rostro.

—¿Te crees tan noble, Blackburn? ¿Crees que esto es solo un juego? Tu familia ha arruinado vidas, y ahora es tiempo de pagar por sus crímenes.

En ese instante, Natalie dio un paso atrás, el pánico reflejado en sus ojos.

—¿Qué quieres de nosotros? ¡No somos responsables de lo que sucedió!

—¿No? —el asesino se burló—. Eres una Sinclair, y eso es suficiente. Tu sangre está manchada.

Sin pensar, Blackburn se movió rápidamente hacia un lado, tratando de crear una distracción. —¡Isabelle, sal de aquí! —gritó mientras se lanzaba hacia el atacante, intentando desarmarlo.

Isabelle sintió que el tiempo se detuvo mientras miraba a Blackburn. Sabía que debía ayudarlo, pero el miedo la paralizaba. Sin embargo, su instinto de supervivencia despertó. Se lanzó hacia la cocina, buscando algo que pudiera usar como arma. Sus manos encontraron una sartén, y sin pensarlo, corrió hacia el asesino.

El choque entre Blackburn y el asesino fue brutal. Se dieron golpes, el sonido de la lucha resonaba en la cocina mientras el cuchillo brillaba amenazadoramente. Blackburn esquivó un golpe y contraatacó, golpeando al hombre en el estómago. Pero el asesino se mantenía firme, su fuerza era sorprendente.

—¡Suéltame! —gritó el hombre, empujando a Blackburn hacia un lado.

En ese momento, Isabelle llegó y, con todas sus fuerzas, le golpeó con la sartén en la cabeza. El asesino titubeó, girándose hacia ella con furia en los ojos. Pero Blackburn aprovechó la oportunidad, lanzándose sobre él y haciendo que ambos cayeran al suelo en un tumulto de brazos y piernas.

Natalie observaba horrorizada desde un rincón, sintiendo que la lucha se intensificaba. —¡Debemos ayudar! —gritó, pero el miedo la mantenía paralizada.

—¡Sigue buscando algo que podamos usar! —ordenó Isabelle, intentando mantener la calma en medio del caos. Sabía que necesitaban hacer algo más que solo defenderse.

La lucha se volvió más feroz, el cuchillo del asesino resbaló de su mano, y Blackburn se aferró a su muñeca, tratando de mantenerlo en el suelo. En ese momento, Isabelle notó algo en la esquina de la cocina: un cuchillo de cocina. Sin pensarlo, se apresuró a recogerlo, su determinación renovada.

El asesino, viendo que Blackburn estaba a punto de ganar, se revolvió con fuerza, logrando separarse de su agarre. Se levantó, su mirada llena de furia. —Esto no ha terminado.

Antes de que pudieran reaccionar, el asesino se lanzó hacia la salida, pero Isabelle, con el cuchillo en mano, lo interceptó. —¡Detente! —gritó, sintiendo cómo el miedo y la adrenalina se entrelazaban en su interior.

El asesino se detuvo, sus ojos fijos en el cuchillo. Blackburn, levantándose con dificultad, se unió a Isabelle, ambos formando un frente unido.

—No vas a salir de aquí —dijo Blackburn, su voz resonante y firme.

El asesino rió con desdén. —¿Creen que pueden detenerme? No tienen idea de con quién están tratando.

—¿Y tú quién crees que eres? —dijo Isabelle, dando un paso adelante. —Eres solo un cobarde que se esconde en las sombras.

El asesino se detuvo por un momento, como si esas palabras le hubieran golpeado. Blackburn vio la oportunidad y rápidamente, sin pensarlo, lanzó un movimiento sorpresivo, intentando desarmarlo nuevamente. Pero esta vez, el asesino estaba preparado. Con un movimiento ágil, tomó el cuchillo que Isabelle había dejado caer y, con un grito de rabia, se lanzó hacia ellos.

Isabelle sintió cómo el tiempo se desaceleraba. Blackburn empujó a Isabelle hacia un lado, pero no pudo evitar que el asesino le alcanzara. La hoja del cuchillo le cortó el brazo, y Blackburn gritó, cayendo al suelo.

—¡No! —gritó Isabelle, horrorizada mientras se lanzaba hacia él.

El asesino, sin embargo, no se detuvo. Con un giro, se dirigió hacia Natalie, que aún estaba paralizada en el rincón.

—¡Natalie, corre! —gritó Blackburn, tratando de levantarse, pero la herida en su brazo lo debilitaba.

Natalie finalmente reaccionó, corriendo hacia la salida, pero el asesino era rápido. La desesperación llenó la cocina mientras Isabelle, sintiendo que la ira crecía en su interior, se levantó y, con un grito, se lanzó hacia el atacante.

El choque fue brutal. Isabelle, armada con el cuchillo de cocina, empujó al asesino contra la pared, obligándolo a soltar a Natalie. La joven se liberó y, con lágrimas en los ojos, corrió hacia Blackburn.

—¡No te muevas! —dijo Isabelle, sintiendo que el miedo se convertía en determinación.

El asesino se quedó inmóvil por un instante, sorprendido por la valentía de Isabelle. Sus ojos reflejaban una mezcla de rabia y sorpresa. La tensión era palpable en el aire; el silencio de la cocina se rompía únicamente por el sonido de la respiración agitada de todos los presentes.

—Eres más valiente de lo que pensaba —dijo el asesino, su voz un susurro cargado de desprecio—. Pero la valentía no te salvará esta vez.

Isabelle, sintiendo que el tiempo se ralentizaba, mantenía su mirada fija en él. La adrenalina corría por sus venas, llenándola de un enfoque casi hipnótico. Sin embargo, sabía que la situación era crítica. Si no actuaban rápido, el asesino podría recuperar el control.

—No vamos a dejar que lastimes a nadie más —dijo Isabelle, su voz firme.
—Este juego ha terminado.

El asesino sonrió de manera sarcástica, casi disfrutando del caos que había desatado. —¿Juego? No, querida, esto no es un juego. Es una necesidad. ¡Ustedes han traído esto sobre sí mismas!

Con un movimiento repentino, el asesino se lanzó hacia Isabelle, pero ella fue más rápida. Con un grito decidido, le asestó un golpe con el cuchillo, que se clavó en su hombro. El asesino aulló de dolor y, en un movimiento brusco, lo retiró, pero el daño ya estaba hecho. El grito de dolor resonó en la cocina y, por un momento, el asesino se detuvo, aturdido por la herida.

—¡Ahora! —gritó Blackburn, luchando por levantarse, mientras Natalie, con el pánico visible en sus ojos, se arrodilló junto a él.

Isabelle, viendo que el asesino estaba desorientado, se preparó para el siguiente movimiento. Blackburn, aunque herido, se armó de valor y se acercó a su compañero, intentando desarmarlo. Con un rápido movimiento, Blackburn se lanzó hacia el asesino, quien, aún aturdido, no pudo evitar el impacto. La lucha continuó, con ambos hombres en el suelo, rodando y tratando de dominarse mutuamente.

Mientras tanto, Isabelle se dio cuenta de que tenían que poner fin a la situación de una vez por todas. Se movió hacia la encimera de la cocina y encontró un rodillo de madera. Con la herramienta en la mano, corrió hacia la escena de la pelea.

—¡Suéltalo! —gritó Isabelle, levantando el rodillo. Con un grito de determinación, golpeó al asesino en la cabeza. El impacto fue contundente, y el hombre se desplomó, aturdido.

—¡Hazlo! —le gritó Blackburn, aun luchando por recuperarse. Isabelle sabía que debían actuar rápido. Se agachó y le quitó el cuchillo al asesino, asegurándose de que no pudiera usarlo de nuevo.

Natalie, aún con lágrimas en los ojos, se acercó a Blackburn y lo sostuvo.
—¿Estás bien? —preguntó, preocupada.

—No es nada que no pueda manejar —respondió Blackburn, aunque su voz traicionaba el dolor que sentía. —Debemos llamar a la policía, esto no ha terminado.

Isabelle asintió, aun respirando con dificultad. La tensión comenzaba a desvanecerse, pero la amenaza seguía latente. —No podemos dejarlo solo. Tal vez no esté completamente fuera de combate.

Aun con la adrenalina aun fluyendo, Blackburn buscó su teléfono. Sin embargo, en ese momento, el asesino empezó a moverse, y una chispa de furia iluminó su mirada. Se irguió lentamente, su expresión convertida en un rictus de odio.

—No van a salir de aquí con vida —dijo, su voz baja pero llena de amenaza. Con un movimiento rápido, se abalanzó nuevamente sobre Blackburn, pero Isabelle estaba preparada. Con un grito, lo golpeó con el rodillo una vez más, esta vez con más fuerza.

El golpe fue suficiente para dejar al asesino tambaleándose. Aprovechando el momento, Blackburn se levantó rápidamente, haciendo un esfuerzo sobrehumano para mantenerse de pie. La situación era crítica, y la necesidad de salir de allí se hacía más evidente.

—¡Vamos! —gritó Blackburn, tratando de ganar tiempo. Isabelle y Natalie se apresuraron a ayudarlo, mientras el asesino intentaba recuperarse, su rostro lleno de ira.

Natalie tomó el teléfono de Blackburn y rápidamente marcó el número de emergencia. —¡Ayuda! —gritó al oído del operador—. Estamos en la mansión Sinclair, hay un asesino aquí. Por favor, ¡rápido!

El asesino, viendo que se estaban comunicando con la policía, entró en una furia ciega. Se lanzó hacia Natalie, pero Isabelle se interpuso, sosteniendo el rodillo como un arma improvisada.

—¡Atrás! —gritó, mientras se preparaba para defender a su amiga.

El asesino se detuvo justo a tiempo, mirando a Isabelle con desprecio. —No tienen idea de con quién están tratando. Esto es solo el principio. Sus vidas están marcadas por el dolor que han causado.

Con un grito, el asesino hizo un movimiento, lanzándose hacia Isabelle. Sin embargo, en ese instante, Blackburn encontró el valor necesario, levantándose por completo. Con un rápido movimiento, logró agarrar una silla cercana y se la lanzó al asesino. El hombre tropezó, momentáneamente distraído.

—¡Ahora! —dijo Blackburn, haciendo un gesto a las chicas para que se alejaran.

Natalie terminó de comunicar su ubicación y dejó caer el teléfono, acercándose para ayudar a Blackburn. Juntos, mientras Isabelle se mantenía firme frente al asesino, lograron tomar control de la situación.

—¡No te acercarás a ellas! —gritó Blackburn, preparándose para un ataque final.

El asesino, furioso y herido, se lanzó hacia ellos, pero la determinación de Blackburn no tenía límites. Con una agilidad renovada, logró inmovilizar al hombre en el suelo, mientras Isabelle mantenía la mirada fija en él, lista para cualquier movimiento.

—Esto ha terminado. No puedes escapar de esto —dijo Blackburn, su voz grave y llena de autoridad.

En ese momento, se escucharon sirenas a lo lejos, acercándose rápidamente. El sonido resonó como una nota esperanzadora en medio del caos. El asesino, viendo que su tiempo se estaba acabando, intentó liberarse, pero Blackburn mantuvo su agarre.

—¡Sigue así, no lo sueltes! —gritó Isabelle, mientras Natalie retrocedía, aún asustada.

El asesino gritó en frustración, sintiendo que su juego había llegado a su fin. Fue entonces cuando Blackburn pudo escuchar la voz de los oficiales que se acercaban, ordenando la rendición del hombre.

Finalmente, las luces de los patrullas iluminaban la entrada de la mansión, y varios oficiales entraron rápidamente, tomando control de la situación. Blackburn se sintió aliviado mientras el asesino era rodeado y finalmente esposado.

El peso de la tensión comenzó a desaparecer. Natalie, ahora al lado de Blackburn, lo miró con preocupación. —¿Estás bien?

—Sí, solo necesito descansar un poco —respondió Blackburn, sintiendo que la adrenalina empezaba a desvanecerse.

Isabelle se acercó, mirando a su compañero con aprecio. —Lo hicimos, lo detuvimos.

El oficial a cargo, un hombre de mediana edad con una expresión decidida, se acercó a ellos. —¿Están bien? Necesitamos tomar sus declaraciones.

Blackburn asintió, aunque aún le costaba hablar. —Sí, pero tenemos que hablar sobre todo lo que ha pasado. Hay mucho más en juego de lo que parece.

Mientras los oficiales comenzaban a investigar la escena, Blackburn se giró hacia Isabelle y Natalie. El peligro había pasado, pero sabían que las consecuencias de la noche aún estaban lejos de resolverse. Habían enfrentado un monstruo, pero en su lucha, habían revelado secretos que seguirían atormentándolos.

La noche todavía tenía mucho que decir, y aunque habían logrado salir con vida, la verdadera batalla estaba lejos de haber terminado.

Capítulo 23: La Búsqueda del Asesino

El amanecer en París traía consigo una neblina densa que cubría las calles con un aire de misterio. Blackburn y su equipo se encontraban reunidos en la sala de operaciones de la comisaría, revisando cada pista, cada detalle que podrían haber pasado por alto. La presión aumentaba; no solo tenían que atrapar al asesino, sino que también debían responder a las crecientes exigencias de la prensa y a la ansiedad de la familia Sinclair.

—Necesitamos revisar las grabaciones de las cámaras de seguridad de la zona —dijo Isabelle, señalando un conjunto de imágenes proyectadas en la pantalla. Cada imagen revelaba fragmentos de la vida cotidiana de París, pero había algo en la repetición de un rostro que llamaba su atención.

—Este tipo —murmuró Blackburn, mirando la imagen—. Ha estado rondando la mansión desde hace semanas.

—¿Quién es? —preguntó Natalie, acercándose a la pantalla.

—No lo sé —respondió Isabelle—, pero necesitamos averiguarlo. Podría ser la clave para entender su motivación.

El equipo se dividió en grupos. Mientras algunos se ocupaban de buscar antecedentes del hombre en la grabación, Blackburn, Isabelle y Natalie decidieron ir al último lugar donde se había visto a la víctima antes de ser asesinada. Era un café a poca distancia de la mansión Sinclair, un lugar popular entre los residentes y turistas.

Cuando llegaron al café, el aroma del café recién hecho y los croissants recién horneados llenaron el aire. Blackburn se sentó en una mesa cerca de la ventana, observando a la multitud. Isabelle se acercó a la barra para hablar con el barista, mientras Natalie revisaba su teléfono, buscando más información.

—¿Has notado algo extraño en los últimos días? —preguntó Isabelle al barista, un hombre de mediana edad con una sonrisa amable.

—Bueno, hay un hombre que viene aquí de vez en cuando, pero no lo he visto últimamente. Suelo servirle un espresso y un croissant. Se sienta en la misma mesa, siempre mirando por la ventana —respondió el barista, señalando hacia la esquina.

Blackburn prestó atención a la descripción. —¿Tienes una foto de él?

El barista negó con la cabeza. —No tengo fotos, pero puedo reconocerlo si lo veo.

—¿Tienes alguna idea de dónde puede estar? —preguntó Natalie, manteniendo su mirada en el barista.

—No, lo siento. Pero si les interesa, sé que a veces va a un mercado de pulgas cerca de la Place de la Bastille. Es un lugar donde se venden cosas antiguas. Tal vez lo encuentren allí.

—Perfecto. Gracias por tu ayuda —dijo Isabelle, sonriendo mientras regresaba a la mesa.

Una vez que se despidieron del barista, se dirigieron al mercado de pulgas. Las calles estaban llenas de vida, con vendedores que ofrecían todo tipo de objetos, desde antigüedades hasta ropa de segunda mano. El bullicio de la gente proporcionaba una atmósfera vibrante, pero Blackburn sabía que no podían distraerse.

—Mantengan los ojos abiertos —les dijo—. El hombre que buscamos podría estar en cualquier lugar.

Mientras se abrían camino entre los puestos, Blackburn se dio cuenta de que la búsqueda no solo era física, sino también mental. Necesitaban comprender la mente del asesino, sus motivaciones. Algo en la forma en que había atacado a las víctimas le decía que había más en juego de lo que parecía.

Isabelle y Natalie se separaron para buscar entre los objetos en los puestos, mientras Blackburn se concentraba en observar a la multitud. Fue entonces cuando notó a un hombre de pie en un rincón, mirando a su alrededor con desconfianza. Tenía una chaqueta oscura y una gorra que le cubría parcialmente el rostro.

—Voy a acercarme —murmuró Blackburn, sintiendo que su instinto le decía que este podría ser el hombre que buscaban.

Caminó hacia el hombre, que al notar su presencia, pareció inquietarse. Blackburn decidió no hacer movimientos bruscos; debía ser sutil.

—Disculpa, amigo. ¿Te he visto en el café de la esquina? —dijo Blackburn, tratando de sonar casual.

El hombre lo miró con desconfianza, pero Blackburn no se dio por vencido. —He estado hablando con algunos de los clientes habituales. Me gustaría saber más sobre ellos.

—No sé de qué hablas —respondió el hombre, intentando alejarse.

Pero Blackburn no se dejó intimidar. —Espera un momento. No estoy aquí para causar problemas. Solo busco respuestas.

En ese instante, Isabelle y Natalie se acercaron, habiendo notado la tensión. Blackburn miró a sus compañeras, indicándoles que se mantuvieran alerta.

El hombre, ahora nervioso, retrocedió un paso más. —No tengo nada que decir —dijo, girándose para irse.

Sin pensarlo, Blackburn se acercó y le agarró del brazo. —¡Espera! Sé que has estado en el café. ¿Qué sabes sobre las víctimas?

El hombre lo miró a los ojos, y Blackburn pudo ver la mezcla de miedo y desesperación. —No quiero problemas. Solo... no puedo ayudarles —dijo el hombre, tratando de soltarse.

—Lo que pasa es que no tienes otra opción —dijo Isabelle, apoyándose en Blackburn, reforzando la presión—. Necesitamos entender lo que sabes.

El hombre miró hacia la multitud y luego a las tres figuras que lo rodeaban. —Está bien, pero no aquí. No quiero que me vean con ustedes.

—Vamos a un lugar más tranquilo —dijo Blackburn, manteniendo un tono firme.

Caminaron juntos hacia una calle más tranquila, donde el ruido de la multitud se desvanecía. El hombre, todavía nervioso, se detuvo y miró a Blackburn con preocupación.

—No quiero problemas —repitió—. Solo fui un espectador. Vi cosas, pero no tengo nada que ver con el asunto.

—¿Qué cosas? —preguntó Natalie, intentando captar su atención.

El hombre respiró hondo, consciente de que no tenía más escapatorias. —Vi a la última víctima. Estaba hablando con alguien. Un tipo... un tipo raro.

—¿Raro cómo? —preguntó Isabelle, enfocándose en los detalles.

—No sé. Llevaba una bufanda y un abrigo largo. Tenía algo en el rostro, como un vendaje. Estaban en una esquina, hablando en voz baja. Parecía que se conocían.

Blackburn intercambió miradas con Isabelle y Natalie. Cada palabra del hombre les daba nuevas pistas. —¿Viste su rostro? —preguntó Blackburn.

—No, estaba demasiado lejos —respondió el hombre—. Pero ella parecía asustada. No sé qué le dijeron, pero su expresión no era buena.

—¿Qué pasó después? —inquirió Natalie.

—Ella se fue y él se quedó ahí. Lo vi mirar en dirección a la mansión Sinclair. Después se fue en una dirección opuesta.

—¿Qué dirección? —preguntó Isabelle, ansiosa.

—Hacia el metro, creo. No estoy seguro —dijo el hombre, mirando nervioso a su alrededor—. No quiero más problemas. Solo cuídense.

Con eso, el hombre se dio la vuelta y se alejó rápidamente. Blackburn y su equipo se miraron, sabiendo que la información que habían recibido era valiosa, pero aun así había muchas incógnitas.

—¿Un tipo con una bufanda y un abrigo largo? —murmuró Blackburn, pensando en la descripción. —Podría ser una pista. Necesitamos investigar las estaciones de metro cercanas.

—Vamos a hacer eso —dijo Isabelle, decidida. —Cada segundo cuenta.

El equipo se dirigió rápidamente a la estación de metro más cercana. Una vez allí, comenzaron a preguntar a los trabajadores y a revisar las cámaras de seguridad. La situación se tornaba cada vez más urgente. No solo estaban tras la pista del asesino, sino que también la presión de resolver el caso antes de que alguien más fuera asesinado era abrumadora.

Después de un par de horas revisando las grabaciones, encontraron una imagen borrosa del hombre con la bufanda que se dirigía hacia la salida del metro en una de las cámaras. El corazón de Blackburn latía con fuerza mientras observaba la grabación.

—Ahí está —dijo, apuntando a la pantalla. —Mira su atuendo.

Isabelle y Natalie se acercaron, tratando de distinguir las características del hombre. Era difícil, pero había algo familiar en su porte, algo que resonaba en la mente de Blackburn.

—Necesitamos un retrato hablado —dijo Isabelle, tomando notas. —Podría ser la clave para encontrarlo.

—Y debemos actuar rápido. Si este hombre tiene algo que ver con los asesinatos, no podemos permitir que se escape —agregó Natalie.

Con una nueva determinación, el equipo comenzó a coordinarse con las autoridades para realizar un retrato hablado del hombre y hacer circular la información. La búsqueda se intensificó, cada uno de ellos sintiendo el peso de la responsabilidad sobre sus hombros.

A medida que avanzaba la tarde, la tensión en la comisaría era palpable. Los teléfonos sonaban constantemente, y el ambiente estaba cargado de urgencia. Blackburn se sintió abrumado por la presión de resolver el caso, pero también sabía que estaban más cerca de desentrañar la verdad.

Mientras continuaban su búsqueda, Blackburn y su equipo empezaron a conectar más puntos en la investigación, cada pieza del rompecabezas ayudando a formar una imagen más clara del asesino. Sin embargo, sabían que el tiempo corría en su contra, y la mente del asesino se volvía más peligrosa a medida que se acercaban a la verdad.

La búsqueda del asesino se intensificaba y, con cada pista nueva, la urgencia de resolver el caso aumentaba. Blackburn se preguntaba qué más descubrirían y cuánto estaban dispuestos a arriesgar para detener al responsable de los horrendos crímenes.

Capítulo 24: El Doble Juego

La luz del atardecer se filtraba a través de las nubes grises que cubrían París, dando un matiz melancólico a las calles. Blackburn caminaba hacia un pequeño bar en el distrito de Le Marais, un lugar poco iluminado y frecuentado por personas con intereses ocultos. Allí había concertado una reunión con un informante que prometía información valiosa sobre el asesino. Sin embargo, una sensación de desconfianza lo acompañaba; la procedencia de la información podía ser tan turbia como las intenciones de quien la ofrecía.

El bar estaba casi vacío, excepto por un par de hombres en la esquina que parecían estar en medio de una conversación acalorada. Blackburn se sentó en una mesa en el fondo y pidió un café. Observó el ambiente mientras esperaba a su informante, sintiendo que el aire estaba impregnado de secretos. La música suave de fondo apenas lograba ahogar los murmullos de las conversaciones que se llevaban a cabo en las mesas cercanas.

Al poco tiempo, un hombre entró al bar. Era de estatura promedio, con una chaqueta de cuero y un sombrero que le cubría parcialmente el rostro. Su actitud era nerviosa, y Blackburn lo reconoció al instante: era Victor, un informante conocido en los círculos de la policía, pero cuyo compromiso con la verdad siempre había estado en entredicho. Se acercó a la mesa de Blackburn con una sonrisa forzada.

—Detective Blackburn —dijo Victor, sentándose sin esperar a que le ofrecieran un lugar—. Gracias por verme.

—Vamos al grano, Victor. Dime qué sabes —respondió Blackburn, sin perder tiempo.

—He estado escuchando cosas. La gente habla. Parece que el asesino tiene conexiones más profundas de lo que creíamos —dijo Victor, mirando alrededor como si esperara que alguien los estuviera escuchando.

Blackburn frunció el ceño. —¿Qué tipo de conexiones?

—Te lo diré, pero necesito que me protejas. No quiero que esto se vuelva en mi contra —dijo Victor, mostrando signos de nerviosismo.

—La protección no viene gratis, Victor. ¿Qué hay para mí? —replicó Blackburn, manteniendo su mirada fija en él.

Victor se inclinó hacia adelante, susurrando: —He oído que el asesino está relacionado con la familia Sinclair. No solo son víctimas, sino que están involucrados en un juego mucho más oscuro.

—¿Qué estás diciendo? —preguntó Blackburn, sintiéndose cada vez más desconcertado. Esa información podía cambiar todo lo que sabían sobre el caso.

—Hay secretos, algo de dinero en juego. Alguien de la familia puede estar usando al asesino como un peón —dijo Victor, ahora con un tono más grave—. He escuchado que la última víctima tenía información que podría haber arruinado a algunos de ellos.

Blackburn sintió un escalofrío recorrer su espalda. Si lo que decía Victor era cierto, los Sinclair podrían estar implicados en una red de corrupción que iba más allá de un simple caso de asesinatos. Pero, como siempre, la pregunta era: ¿por qué Victor estaba diciendo esto? ¿Era una estrategia para ganarse su confianza o un intento de manipularlo?

—¿Cómo lo sabes? —preguntó Blackburn, tratando de discernir la verdad entre las palabras de su informante.

Victor se mostró evasivo. —La gente habla, y tú sabes que yo tengo mis oídos en todas partes. Pero necesitas estar listo. Hay quien no querrá que hables más de esto.

—¿Quién? —insistió Blackburn, con la voz firme.

—No tengo nombres. Pero te aseguro que no querrás hacer esto solo. Hay más en juego aquí de lo que imaginas —respondió Victor, claramente ansioso por salir de la conversación.

Blackburn sabía que la información que tenía en sus manos podía ser vital, pero también era consciente de que no podía confiar completamente en Victor. Había demasiados riesgos involucrados. Sin embargo, su instinto le decía que debía seguir adelante y profundizar en este nuevo camino.

—Está bien, te creo —dijo Blackburn, intentando establecer un ambiente de confianza—. Pero necesito que seas más específico. ¿Quién tiene interés en silenciar a las víctimas?

Victor se mordió el labio, pensativo. —Solo puedo decirte que hay una reunión en la mansión Sinclair mañana por la noche. No tengo todos los detalles, pero podría ser tu oportunidad para descubrir más. Ve, escóndete, y escucha. Pero ten cuidado. No te confíes.

—Gracias, Victor —respondió Blackburn, sin poder evitar un atisbo de escepticismo. —Pero recuerda: si esto resulta ser una trampa, no dudaré en hacerte responsable.

Victor se levantó rápidamente, asintiendo, y antes de que Blackburn pudiera añadir algo más, el informante se escabulló fuera del bar. Blackburn se quedó solo, contemplando las implicaciones de lo que acababa de escuchar.

El tiempo pasaba lentamente mientras reflexionaba sobre la situación. La idea de que la familia Sinclair pudiera estar involucrada en algo más que una serie de asesinatos le daba vueltas en la cabeza. ¿Podrían realmente estar manipulando las circunstancias a su favor? La búsqueda de la verdad se volvía más complicada.

Al salir del bar, Blackburn se sintió observado. La sensación de que alguien estaba al acecho lo siguió mientras se dirigía hacia la comisaría. Decidió que era hora de poner su información a prueba. Si la familia Sinclair estaba en el centro de esta conspiración, debía actuar con cautela.

En la comisaría, reunió a su equipo y compartió la información que había recibido de Victor. Isabelle y Natalie intercambiaron miradas de preocupación.

—No podemos confiar en Victor, pero lo que dice es lo suficientemente preocupante como para que lo sigamos —dijo Isabelle, tomando notas en su cuaderno.

—Sí, pero necesitamos pruebas más concretas —agregó Natalie—. No podemos ir a la mansión sin una estrategia.

Blackburn asintió. —Debemos infiltrar la reunión. Asegurémonos de que tenemos el respaldo necesario. No quiero que esto termine en una emboscada.

El equipo comenzó a trabajar en un plan, asegurándose de que todo estuviera preparado para la reunión en la mansión Sinclair. Mientras discutían, Blackburn no podía sacudirse la sensación de que había más en juego. Si Victor estaba jugando un doble juego, era crucial no caer en su trampa.

Esa noche, Blackburn se sentó solo en su oficina, revisando archivos y registros de la familia Sinclair. A medida que leía sobre su historia, las conexiones comenzaron a cobrar vida en su mente. El patriarca, Maxwell Sinclair, había construido un imperio basado en secretos y mentiras, y los recientes asesinatos parecían encajar en un patrón de protección de esos secretos. ¿Qué tan lejos llegarían para proteger su legado?

Al día siguiente, el equipo se preparó para infiltrarse en la mansión. A medida que se acercaban a la propiedad, la opulencia del lugar era abrumadora. Las luces brillaban con intensidad y el sonido de la música clásica se filtraba a través de las ventanas.

—Recuerden, nada de movimientos bruscos. Solo observamos y recopilamos información —ordenó Blackburn, sintiendo la adrenalina acumulándose en su interior.

Isabelle y Natalie asintieron, cada una lista para actuar según el plan. Mientras se mezclaban con los invitados, Blackburn sintió que la atmósfera estaba cargada de tensión. Había algo inquietante en la forma en que las personas interactuaban, como si cada una estuviera oculta tras una máscara.

La reunión se llevó a cabo en el salón principal, donde una gran mesa estaba adornada con lujosos candelabros y una amplia variedad de vinos. Blackburn observó mientras los miembros de la familia Sinclair y sus asociados se reunían, intercambiando miradas y susurros.

Blackburn se movió con cautela, tomando nota de quién estaba presente. La incertidumbre en el ambiente era palpable; todos parecían nerviosos, y eso despertó sus instintos.

De repente, escuchó su nombre en medio de la conversación. Se giró lentamente y vio a Maxwell Sinclair hablando con un grupo de hombres, gesticulando con entusiasmo mientras discutían algo relacionado con la familia. Su expresión era grave, y Blackburn se preguntó qué tan comprometido estaba Maxwell con lo que estaba sucediendo.

Decidido a acercarse, Blackburn se unió al grupo. La conversación se detuvo al notar su presencia, y Maxwell lo miró con desconfianza.

—Detective Blackburn —dijo Maxwell, forzando una sonrisa—. ¿Qué lo trae por aquí?

—Solo quería ver cómo estaba la familia —respondió Blackburn, intentando sonar amigable. —He oído que han pasado por tiempos difíciles.

Maxwell se enderezó, su mirada se tornó más intensa. —Lo hemos superado, gracias a Dios. Pero siempre hay personas que intentan aprovecharse de nuestra situación.

Blackburn sintió que la tensión aumentaba, y decidió arriesgarse. —He escuchado rumores de que hay secretos en el pasado de la familia. Cosas que podrían perjudicar su reputación.

La reacción de Maxwell fue inmediata. Su rostro se tornó sombrío. —Las habladurías son peligrosas, detective. Te aconsejo que tengas cuidado con lo que dices.

—Solo quiero la verdad —respondió Blackburn, manteniendo la calma—. ¿No es eso lo que todos buscamos?

El ambiente se volvió tenso y Blackburn sintió que los demás en la habitación comenzaban a mirarlo con recelo. Antes de que la conversación pudiera continuar, un grito rompió la atmósfera.

Todos se dieron la vuelta al unísono, y el caos estalló. Una figura encapuchada apareció en la entrada del salón, levantando una pistola. El pánico se desató y Blackburn se preparó para actuar.

—¡Al suelo! —gritó, empujando a Isabelle y Natalie detrás de él.

Las luces del salón se apagaron, y el caos se intensificó mientras las personas buscaban refugio. Blackburn sintió la presión de la situación crecer, mientras la figura encapuchada se movía ágilmente, buscando a su objetivo.

No tenía tiempo para pensar en las implicaciones de lo que había escuchado antes; solo sabía que tenía que proteger a su equipo y descubrir la verdad detrás de la máscara que el asesino había presentado.

El doble juego de Victor comenzaba a revelar sus cartas, y Blackburn debía actuar rápidamente si quería salir de esta situación con vida.

Capítulo 25: Enfrentando la Verdad

El eco del disparo resonó en la sala, y la confusión se apoderó de todos. Las luces parpadeaban, creando sombras inquietantes que danzaban por las paredes, mientras la figura encapuchada se movía rápidamente entre los asistentes, gritando órdenes. Blackburn, con el instinto agudizado por la experiencia, empujó a Isabelle y Natalie hacia un rincón más seguro, alejado de la trayectoria de la amenaza.

—Mantente cerca —susurró Blackburn a Isabelle, quien parecía aturdida y en estado de shock. En su rostro, el terror y la determinación se entremezclaban, reflejando un mar de emociones.

Isabelle se obligó a sí misma a reaccionar. Era una detective, después de todo, y sabía que dejarse llevar por el miedo no era una opción. Se concentró en el momento presente, en el caos que las rodeaba. A través de la penumbra, vislumbró a Maxwell Sinclair intentando calmar a sus invitados, pero la angustia en sus ojos no se podía ocultar.

Mientras tanto, Blackburn se movió hacia la entrada, su corazón latiendo con fuerza en su pecho. Sabía que tenía que hacer algo. No solo por su equipo, sino también por las vidas de aquellos que estaban en peligro. Con cada paso, recordaba los casos que había llevado a cabo, cada uno con sus propios desafíos, pero nunca había enfrentado una situación tan desesperada. La adrenalina lo impulsaba, pero la inseguridad también empezaba a surgir.

A medida que el caos se desarrollaba, la figura encapuchada disparó nuevamente, esta vez al aire, lo que provocó que algunos invitados cayeran al suelo, gritando de pánico. Blackburn, con su mente centrada en el objetivo, buscó algo que pudiera usar como arma o escudo. Sus ojos se posaron en una mesa cercana, donde una botella de vino estaba a punto de caer. La idea de usarla como proyectil surgió en su mente.

Isabelle lo vio moverse y supo lo que estaba planeando. —¡No! —gritó, pero Blackburn ya estaba en acción. Con un movimiento rápido, tomó la botella y la lanzó hacia la figura encapuchada. El cristal se rompió al impacto, pero el agresor se volvió rápidamente, enfurecido, buscando la fuente de la interrupción.

—¡Estúpido! —exclamó Isabelle, su voz se mezclaba con el clamor del miedo—. ¡No puedes hacer eso!

—¡No hay tiempo para discutir! —respondió Blackburn, manteniendo su mirada fija en el asesino, quien ahora estaba apuntando hacia ellos con una mirada feroz.

El silencio que siguió fue tenso. Blackburn sintió que su corazón se detenía mientras el tiempo parecía ralentizarse. La figura enmascarada los observaba con atención, y Blackburn podía ver la indecisión en su postura. Este momento de incertidumbre le dio una chispa de esperanza. Si lograba desestabilizar al atacante, tal vez podría ganar tiempo para que los demás escaparan.

De repente, un grito desgarrador resonó en la sala. Natalie había encontrado la valentía para avanzar hacia el atacante, empujando a otros hacia un lugar más seguro. —¡Debemos salir de aquí! —gritó, su voz llena de determinación.

La figura encapuchada, furiosa por la resistencia, comenzó a moverse hacia Natalie, pero Blackburn se interpuso. —¡Aléjate de ella! —gritó, levantando la botella rota como un arma improvisada. Era un acto desesperado, pero no había otra opción.

Isabelle, en medio del caos, sintió que su propia lucha interna se intensificaba. La situación la obligaba a recordar momentos de su vida que había intentado enterrar. El pasado la perseguía como una sombra, y ahora, en medio de este horror, comprendió que sus demonios no podían ser ignorados. Tenía que enfrentarlos.

Mientras observaba a Blackburn enfrentarse al atacante, recordó su primer caso, aquel que la había marcado para siempre. Había sido una noche similar: la oscuridad, el miedo, y un rostro desconocido que la había dejado sintiéndose vulnerable y expuesta. En ese momento, prometió que nunca volvería a ser una víctima. Pero aquí estaba, sintiéndose atrapada entre sus miedos y su deseo de ayudar.

La figura encapuchada avanzó hacia Blackburn, y en ese instante, la determinación de Isabelle se encendió. Se lanzó hacia el atacante, usando toda su fuerza para desviar su atención. —¡Tú no eres un asesino! —gritó, su voz resonando con una mezcla de coraje y desafío.

La figura se detuvo un momento, confundida por la declaración de Isabelle. Fue el tiempo que Blackburn necesitaba. Con un movimiento rápido, se abalanzó sobre el agresor, utilizando la botella rota para desarmarlo. El impacto fue brutal, y el atacante cayó al suelo, gritando de dolor.

Isabelle sintió una oleada de alivio mientras el atacante se retorcía, pero el peligro no había terminado. Aún había otros en la sala que estaban en estado de pánico, y el caos seguía dominando.

—¿Estás bien? —preguntó Blackburn, girándose hacia Isabelle, quien parecía más fuerte y resuelta que nunca.

—Sí, pero debemos ayudar a los demás —respondió ella, sintiendo que el peso de sus propias luchas se aligeraba por un momento. La adrenalina la impulsó hacia adelante.

Mientras intentaban calmar a los demás y asegurar que el atacante estaba controlado, la figura encapuchada reveló su rostro. Era alguien que ambos conocían, y la revelación los golpeó con una fuerza inesperada. El reconocimiento los dejó helados: el asesino no era un extraño, sino alguien de su círculo, un cómplice que había estado jugando un papel mucho más profundo en esta intriga.

—No puede ser —susurró Isabelle, su mente luchando por procesar la realidad.

—¿Quién es? —preguntó Blackburn, su tono grave.

El atacante sonrió de manera siniestra. —Siempre supieron que había secretos, pero no que los secretos podían tener caras conocidas.

Blackburn sintió que su mundo se tambaleaba. Esta revelación no solo afectaba el caso, sino que también ponía en tela de juicio su confianza en las personas que lo rodeaban. Tenía que confrontar no solo al atacante, sino también a sus propias inseguridades. ¿Cómo pudo haber pasado por alto algo tan evidente?

Mientras la sala se llenaba de gritos y confusión, Blackburn sintió que su mente se aclaraba. Tenía que concentrarse en lo que estaba en juego: no solo las vidas de su equipo, sino también la verdad detrás de los crímenes que habían estado desentrañando.

—Isabelle, Natalie, necesitamos hablar con la policía. Esto va mucho más allá de nosotros —dijo Blackburn, su voz firme mientras miraba a sus compañeras.

Ambas asintieron, reconociendo la gravedad de la situación. La lucha interna de Isabelle comenzaba a calmarse. Sabía que enfrentarse a sus propios demonios era necesario, no solo para su propio bienestar, sino también para ayudar a los demás.

Mientras se dirigían hacia la salida, Blackburn se dio cuenta de que, a pesar del miedo y la incertidumbre, habían logrado mantener unida a su unidad. Cada uno de ellos estaba lidiando con sus propias batallas, pero en ese momento, estaban juntos en la lucha.

Al salir de la mansión, la luz de la luna iluminó el camino, recordándoles que la verdad siempre encontraría la manera de salir a la superficie. Y aunque las sombras de su pasado aún los acechaban, sabían que debían enfrentarse a ellas con valentía.

A medida que se alejaban de la mansión, Blackburn sintió que la noche aún tenía más sorpresas reservadas. El juego apenas comenzaba, y estaba decidido a descubrir la verdad detrás de la conspiración que había amenazado sus vidas y sus relaciones. La lucha por la justicia estaba lejos de terminar, y cada paso que daban los acercaba más a la revelación final.

Capítulo 26: El Último Mensaje

La noche había caído en París, y un silencio inquietante se apoderó de la ciudad. Blackburn y su equipo, cansados pero alertas, se encontraban en la sala de operaciones del departamento de policía, revisando los últimos detalles del caso. El asesino había estado en su mente constantemente, y ahora, después de la revelación de la identidad del atacante, sentía que cada segundo contaba. No podían permitir que la situación se descontrolara nuevamente.

Isabelle estaba sentada frente a una mesa desordenada, llena de documentos, fotografías y recortes de prensa. Su mente estaba ocupada en desentrañar la relación entre las víctimas y los secretos familiares que habían salido a la luz. La conexión con el escándalo que había sacudido a la familia Sinclair seguía siendo un rompecabezas sin resolver. Se sentía presionada por el tiempo y por sus propios recuerdos, los cuales la atormentaban al pensar en lo que había sucedido.

—¿Has encontrado algo más? —preguntó Blackburn mientras se acercaba, mirando sobre su hombro. Sus ojos se posaron en un mapa con marcas que señalaban diferentes ubicaciones en París, donde habían ocurrido los incidentes.

Isabelle suspiró. —He estado revisando las conexiones entre las víctimas y sus relaciones. Hay algo que no cuadra. Parece que había un patrón que aún no hemos descifrado.

—No tenemos mucho tiempo —respondió Blackburn, su voz tensa—. Necesitamos cerrar este caso lo antes posible. Cada minuto que pasa es un riesgo mayor.

Natalie entró en la sala con un aire de preocupación, interrumpiendo el intercambio. —Tienen que ver esto —dijo, mostrando un sobre manila, que parecía haber llegado directamente de la escena del último crimen.

Blackburn frunció el ceño. —¿Qué es eso?

—Un mensaje del asesino. Nos lo dejaron en la escena —contestó Natalie, abriendo el sobre con cuidado.

Isabelle se enderezó, sintiendo una oleada de inquietud. Blackburn, curioso y algo ansioso, se acercó aún más. Con un movimiento lento, Natalie sacó un papel arrugado que contenía un mensaje cuidadosamente escrito.

El mensaje decía: "Ustedes creen que han entendido el juego, pero están lejos de la verdad. Las piezas que buscan están más cerca de lo que piensan, y las sombras del pasado nunca mueren. La culpa que buscan también les pertenece. Todo se revelará cuando la última víctima caiga. ¡Buena suerte!".

Un escalofrío recorrió la espalda de Isabelle al leer las palabras. Era claro que el asesino estaba jugando con ellos, pero había un sentido de urgencia que la incomodaba. ¿Qué significaba realmente ese mensaje? ¿Quién era la última víctima que mencionaba?

Blackburn apretó los puños, sintiendo la frustración burbujear en su interior. —Esto es una burla. Nos está desafiando.

—No solo eso —añadió Natalie—. El mensaje también implica que somos parte de esto. Tal vez somos los que tienen que enfrentar las consecuencias.

Isabelle se sintió abrumada. Las palabras del asesino resonaban en su mente. La culpa, la oscuridad, todo lo que había estado intentando ocultar. Era como si el mensaje revelara una verdad inquietante sobre ellos mismos.

—¿Qué debemos hacer? —preguntó Natalie, sus ojos reflejando preocupación.

—Primero, debemos analizar cada palabra —respondió Blackburn, tratando de mantener la calma. —Este mensaje es clave. Quiere que nos sintamos inseguros y divididos, pero no podemos permitir que eso suceda.

Isabelle asintió, intentando enfocar su mente. —Debemos revisar las víctimas nuevamente, buscar conexiones que no hayamos visto. El asesino parece conocer nuestra historia. Quizás ha estado observándonos desde el principio.

Blackburn se volvió hacia su computadora y comenzó a teclear, buscando información sobre las víctimas. La noche avanzaba, y la tensión en la sala crecía. Era como si una sombra invisible los acechara, manteniéndolos en vilo.

Mientras tanto, Isabelle y Natalie comenzaron a discutir las relaciones entre las víctimas. Las conexiones familiares, las antiguas enemistades y los secretos que habían sido enterrados durante años.

—Mira aquí —dijo Isabelle, señalando un documento—. Este es el testamento de una de las víctimas. Menciona a otro familiar que no hemos investigado a fondo. ¿Podría ser posible que el asesino esté vinculado a ellos?

Blackburn miró la pantalla y frunció el ceño. —¿Por qué no se mencionó antes? Necesitamos hacer un seguimiento de esto de inmediato.

De repente, el teléfono de Natalie sonó, interrumpiendo el flujo de su discusión. Su rostro palideció al ver quién estaba llamando. —Es el departamento de policía. Dicen que han encontrado otro cuerpo.

La sala se llenó de un silencio tenso. Isabelle sintió cómo su corazón se aceleraba. —¿Dónde? ¿Quién es?

—En un viejo almacén al este de la ciudad —respondió Natalie—. Dicen que parece estar conectado a la última víctima.

—Vamos, no hay tiempo que perder —dijo Blackburn, tomando la delantera.

Mientras salían de la oficina, Isabelle sintió que la presión aumentaba. Las palabras del asesino resonaban en su mente, y se preguntaba si podían realmente estar a salvo. La culpa que mencionaba el asesino parecía más real que nunca, como un eco del pasado que amenazaba con atraparlos.

El trayecto al almacén fue tenso, y la ansiedad se palpaba en el aire. Isabelle intentó mantener la concentración, pero las dudas y miedos seguían acechando. Tenía que enfrentar no solo al asesino, sino también a sus propios demonios.

Al llegar al almacén, la escena era escalofriante. La policía había acordonado el área, y los forenses trabajaban con rapidez para evaluar la situación. Blackburn se acercó al oficial al mando, exigiendo información.

—¿Qué tenemos? —preguntó Blackburn, su voz firme.

El oficial se volvió hacia él, su expresión seria. —Otro cuerpo. Al parecer, es uno de los familiares de las víctimas. Se encontró en una trampa, atado y con evidentes signos de lucha.

El estómago de Isabelle se revolvió. La última víctima, como había predicho el asesino. La realidad de lo que estaban enfrentando se volvió aún más oscura.

—¿Hay alguna señal del asesino? —preguntó Natalie, manteniendo la calma.

—No hay rastro —respondió el oficial—. Todo parece haber sido planeado al milímetro. Este tipo es astuto.

Blackburn se acercó al cuerpo, tratando de mantenerse enfocado. Tenía que averiguar cómo se relacionaba esta muerte con el resto del caso. Cada pista era vital. La culpa que había mencionado el asesino lo seguía persiguiendo, como una sombra oscura.

Mientras el forense trabajaba, Isabelle sintió que la ansiedad se apoderaba de ella. Era como si la presión de la verdad la estuviera aplastando. Las palabras del asesino seguían resonando en su mente, y la posibilidad de que todo lo que habían hecho pudiera haber sido en vano la atormentaba.

De repente, algo llamó la atención de Blackburn. —¡Mira esto! —exclamó, señalando un pequeño objeto cerca del cuerpo. Era un collar desgastado con un medallón, una pieza de joyería que parecía tener un significado especial.

Isabelle se acercó, su corazón latiendo con fuerza. —Es de una de las víctimas. La madre de una de ellas lo llevaba. Esto podría ser crucial.

—Sí, pero ¿cómo llegó aquí? —preguntó Blackburn, frunciendo el ceño. —¿Qué conexión tiene con el asesino?

Mientras continuaban su investigación, la realidad se volvía cada vez más oscura. El juego del asesino era más complejo de lo que habían imaginado. Cada paso que daban los acercaba a la verdad, pero también los exponía a un peligro mayor. La lucha interna de Isabelle se intensificaba; necesitaba enfrentar sus propios miedos si realmente querían detener al asesino.

Finalmente, después de horas de trabajo, Blackburn se volvió hacia su equipo, sus ojos llenos de determinación. —No podemos dejar que esto se convierta en un juego para el asesino. Debemos encontrar la verdad, y pronto.

Isabelle sintió una oleada de energía al escuchar sus palabras. La lucha no era solo contra el asesino, sino también contra los propios fantasmas que los acechaban. Tenían que unirse, enfrentar sus miedos y desentrañar la verdad antes de que fuera demasiado tarde.

Con el collar en la mano y el mensaje del asesino grabado en sus mentes, se adentraron en la oscuridad de la noche, decididos a llevar la lucha hasta el final.

Capítulo 27: La Caza Final

La luz del alba se filtraba a través de las ventanas de la sala de operaciones del departamento de policía, pero para Blackburn e Isabelle, la noche apenas había terminado. Habían pasado horas revisando pistas, examinando cada detalle de los crímenes y la conexión que existía entre las víctimas y la familia Sinclair. Cada indicio, cada fragmento de información parecía encajar de una manera que llevaban tiempo buscando.

—No podemos dejar que se nos escape —dijo Blackburn, su voz tensa mientras miraba el mapa que tenían extendido sobre la mesa. Había marcado cada ubicación de los crímenes con un puntero rojo, creando una red de puntos que, a primera vista, parecían aleatorios, pero que comenzaban a tomar forma.

Isabelle asintió, sintiendo la presión aumentar a medida que se acercaban a la resolución del caso. —Si logramos identificar el patrón, podríamos adelantarnos al asesino. Él ha estado un paso adelante, pero esto podría ser nuestra oportunidad para sorprenderlo.

Natalie, que había estado observando en silencio, se acercó y señaló un punto en el mapa. —Aquí es donde ocurrió el último asesinato, y aquí están las otras ubicaciones. Miren, parece que hay un camino que sigue esta línea.

Blackburn frunció el ceño mientras examinaba la línea que trazaba Natalie. —Tienes razón. Si seguimos este camino, podríamos encontrar el próximo objetivo del asesino. Pero, ¿dónde nos lleva?

—Podría ser un lugar relacionado con las víctimas —sugirió Isabelle, sus ojos iluminándose por la emoción de la posibilidad. —Necesitamos investigar estos lugares. Cada uno de ellos tiene una conexión con las víctimas de alguna manera.

—Entonces no tenemos tiempo que perder —dijo Blackburn, ya en movimiento. —Hagamos una lista de todos los lugares y dividamos el trabajo.

Mientras comenzaban a elaborar un plan, Isabelle sintió una oleada de determinación. Sabía que el tiempo era esencial, y cada segundo contaba. El asesino podría estar planeando su siguiente movimiento en cualquier momento, y no podían dejar que se saliera con la suya.

El equipo se dispersó, cada uno con su propia tarea. Blackburn tomó un par de oficiales y se dirigió al primer lugar en la lista, un antiguo café donde se sabía que una de las víctimas solía reunirse con amigos. Isabelle, por su parte, se dirigió al siguiente destino con Natalie, un parque cercano donde se había encontrado un objeto perteneciente a una de las víctimas.

El parque era amplio y tenía un ambiente tranquilo, algo que contrastaba con la tensión que sentían. Isabelle no podía evitar mirar a su alrededor, sintiéndose vulnerable en un lugar que debería ser seguro. La historia que se había tejido en torno a los asesinatos la mantenía alerta.

—Esto es un lugar significativo —dijo Natalie mientras caminaban por el sendero. —La víctima solía venir aquí a reflexionar. Si el asesino tiene alguna conexión con ella, podría haber dejado algo.

Ambas comenzaron a buscar meticulosamente, moviendo hojas y observando cada rincón. La sensación de que el tiempo se estaba agotando se hacía cada vez más palpable, y cada sombra parecía esconder un secreto.

Después de varios minutos de búsqueda, Isabelle se agachó para examinar un arbusto denso. Algo brillaba débilmente entre las ramas. Se acercó, sacando un pequeño objeto que resultó ser una pulsera. Era un diseño único que había visto antes.

—¡Natalie! ¡Mira esto! —exclamó, sosteniendo la pulsera en la luz del día.

Natalie se acercó, sus ojos se ampliaron. —Esa es la pulsera de la víctima. ¿Qué significa esto?

Isabelle sintió un escalofrío recorrer su espalda. —Podría significar que el asesino estuvo aquí. Quizás dejó esto intencionalmente.

—O tal vez se le cayó en una de las peleas. Pero eso significa que el asesino estuvo aquí en algún momento —sugirió Natalie, el tono de su voz ahora lleno de preocupación.

—Tenemos que volver y contarle a Blackburn. Esto podría ser una pista clave para entender su motivación —dijo Isabelle, y ambas comenzaron a regresar rápidamente al coche.

El trayecto de regreso al departamento de policía estuvo lleno de una mezcla de ansiedad y emoción. Sabían que habían encontrado algo importante, pero también que el asesino podría estar al acecho.

Cuando llegaron, encontraron a Blackburn discutiendo con un grupo de oficiales. Al verlas llegar, se acercó rápidamente.

—¿Qué encontraron? —preguntó, ansioso por escuchar noticias.

Isabelle mostró la pulsera. —Esto se encontró en el parque. Es de la última víctima. Significa que el asesino estuvo allí.

Blackburn tomó la pulsera, examinándola detenidamente. —Esto cambia las cosas. Si el asesino dejó esto intencionalmente, quiere que lo encontremos. Esto puede ser un juego para él.

Natalie frunció el ceño. —¿Qué quieres decir con eso?

—Que puede que esté jugando con nosotros. Quiere que pensemos que estamos cerca de resolver el caso cuando en realidad, puede estar preparando su próximo movimiento.

Isabelle sintió un escalofrío al pensar en las implicaciones. —¿Y si ese próximo movimiento es atacar a una de las víctimas que aún quedan?

—Eso es exactamente lo que debemos evitar —dijo Blackburn, su voz firme—. Necesitamos proteger a la familia Sinclair y asegurarnos de que nadie más sufra.

La tensión aumentó a medida que el equipo se preparaba para lo que podía ser la confrontación final. Blackburn dio órdenes a los oficiales para que comenzaran la vigilancia en la casa de la familia Sinclair, asegurándose de que tuvieran protección en caso de que el asesino decidiera atacar.

Mientras tanto, Isabelle y Natalie revisaron los archivos de las víctimas, buscando patrones que pudieran haber pasado por alto. La tensión se palpaba en el aire; cada segundo contaba, y el reloj seguía avanzando.

La noche cayó nuevamente sobre París, y el ambiente se volvió más pesado. Isabelle sentía que algo se avecinaba, una sensación de que el asesino estaba más cerca de lo que pensaban.

—¿Y si no está apuntando solo a la familia Sinclair? —sugirió Isabelle. —Tal vez sus objetivos sean más amplios.

Blackburn la miró, contemplando sus palabras. —Eso podría tener sentido. Si es así, tenemos que estar preparados para cualquier eventualidad.

De repente, el teléfono de Natalie sonó, rompiendo el silencio tenso de la habitación. Respondió rápidamente, escuchando atentamente. Su rostro palideció.

—Es el departamento de policía —dijo, su voz temblando—. Dicen que han recibido un aviso de un posible ataque en la casa de los Sinclair. Tienen que ir ahora.

La alarma se disparó. Blackburn tomó la delantera, y el equipo salió corriendo hacia los coches. La adrenalina corría por sus venas mientras se dirigían a la casa de los Sinclair, sabiendo que tenían que llegar antes de que fuera demasiado tarde.

Al llegar, el lugar estaba lleno de luces intermitentes y oficiales tratando de mantener el control de la situación. Blackburn se dirigió rápidamente al oficial a cargo.

—¿Qué tenemos? —preguntó, su voz llena de determinación.

—La familia Sinclair está a salvo por ahora, pero han recibido un aviso de que el asesino estaba en la zona. La gente que estaba de servicio escuchó ruidos extraños cerca del jardín.

Isabelle sintió que su corazón se aceleraba. —¿Qué debemos hacer?

—Dividirse en grupos y hacer una búsqueda exhaustiva. Necesitamos encontrarlo antes de que haga cualquier movimiento —dijo Blackburn, mientras se preparaban para la caza final.

Cada grupo se dirigió a una sección diferente de la propiedad, los nervios a flor de piel. La tensión era palpable mientras buscaban, pero la determinación de detener al asesino superaba el miedo que sentían.

Isabelle se movía rápidamente, sintiendo que algo no estaba bien. El silencio de la noche se sentía como una advertencia. De repente, un grito resonó en el aire, seguido por el sonido de un golpe.

—¡Isabelle! ¡Natalie! —gritó Blackburn desde la otra parte de la casa.

Ambas corrieron hacia el sonido, el corazón les latía con fuerza. Al llegar a una habitación, encontraron a Blackburn luchando con una figura oscura.

Isabelle sintió que el miedo la envolvía, pero rápidamente se acercó con determinación. —¡No! ¡Suéltalo!

La figura se giró, revelando su rostro. Era el asesino, su mirada fría y calculadora. Con un movimiento rápido, Blackburn lo empujó, pero el asesino no se dio por vencido. Se giró y trató de atacar nuevamente.

La lucha se intensificó, cada movimiento lleno de energía y peligro. Isabelle observó con horror cómo Blackburn luchaba, pero su instinto de protegerlo la impulsó a intervenir.

—¡No! —gritó, mientras se abalanzaba sobre el asesino, intentando desarmarlo. El movimiento la llevó a caer al suelo, pero logró hacer que el asesino tropezara.

La pelea se volvió caótica, y en un giro de suerte, Blackburn pudo arrebatarle el arma al asesino. Con un gesto rápido, lo redujo, manteniéndolo en el suelo mientras llamaban a los refuerzos.

La sala estaba llena de tensión y adrenalina, y el tiempo parecía detenerse. El asesino, ahora atrapado, no podía hacer nada más que mirar con rabia y frustración.

—Esto se acabó —dijo Blackburn, respirando con dificultad mientras aseguraba al asesino en el suelo.

Isabelle se levantó, temblando por la intensidad del momento. Sabía que habían ganado, pero el costo había sido alto.

Afuera, el sonido de las sirenas se acercaba, y la sensación de alivio comenzó a inundar la habitación. Habían enfrentado al asesino, habían sobrevivido, pero la caza había sido brutal.

La noche había terminado, pero el recuerdo de lo que había sucedido los marcaría para siempre. Isabelle y Blackburn se miraron, conscientes de que, aunque la batalla había terminado, la guerra contra sus propios demonios apenas comenzaba.

Capítulo 28: Revelaciones de Medianoche

La tensión en la sala de interrogatorios era palpable, casi eléctrica. Blackburn se encontraba frente al asesino, cuyo rostro, aunque marcado por la desesperación, parecía ocultar un conocimiento más profundo. Era la primera vez que estaban cara a cara desde la feroz confrontación en la casa de los Sinclair, y Blackburn sabía que debía aprovechar esta oportunidad al máximo. Isabelle estaba a su lado, tomando notas, mientras sus ojos examinaban cada gesto y cada expresión del criminal.

—¿Qué quieres? —preguntó Blackburn, rompiendo el silencio que se había instalado.

El asesino lo miró fijamente, una sonrisa sardónica curvando sus labios. —¿Quieres que te cuente mi historia? A veces, lo que parece obvio no lo es tanto.

Isabelle intercambió una mirada con Blackburn, sintiendo que el juego mental había comenzado. El asesino no era solo un criminal; también era un maestro del engaño. Blackburn respiró hondo, recordando el tiempo y la energía que habían invertido en su captura.

—Lo único que quiero es que hables —dijo Blackburn, manteniendo su tono firme. —El tiempo de juegos ha terminado.

—Oh, pero ¿realmente crees que es así? —replicó el asesino, inclinándose hacia adelante. —Lo que he hecho es solo una parte de una historia mucho más grande. Hay fuerzas en juego que ni tú ni tu querida Isabelle comprenden.

El nombre de Isabelle lo había mencionado con una familiaridad inquietante. Ella se estremeció, pero mantuvo su postura. Blackburn se dio cuenta de que su instinto de protegerla estaba en alerta máxima.

—¿A qué te refieres? —preguntó Blackburn, sintiendo que había algo más que simple arrogancia en las palabras del asesino.

—Cada víctima, cada movimiento, es un mensaje. Un mensaje para aquellos que han mirado hacia otro lado. La familia Sinclair no es más que un peón en un juego que tú y tus colegas no pueden imaginar.

Isabelle frunció el ceño. —¿Qué tipo de juego?

El asesino sonrió de nuevo, su mirada centelleante. —Un juego de poder. La familia Sinclair tiene secretos, oscuros y profundos. Han manipulado a muchos, y ahora están en la mira. Pero no soy el único jugador en este tablero. Hay otros, y están mucho más cerca de lo que crees.

La revelación hizo que Blackburn sintiera un escalofrío recorrer su espalda. —¿Quién más está involucrado?

—Ah, eso es algo que tendrás que descubrir por ti mismo —dijo el asesino, con desdén. —Pero te advierto, Blackburn, que hay más en juego aquí que solo tu deseo de justicia. Este es un juego de vida o muerte.

Blackburn se sintió frustrado. Cada respuesta del asesino parecía llevar a más preguntas. Aun así, sabía que necesitaba sacar más información. —¿Qué secretos están ocultando los Sinclair?

—No todo lo que brilla es oro. La familia tiene un pasado que preferirían mantener enterrado. Y tú, detective, estás a punto de desenterrar cosas que no deberían ver la luz del día.

Isabelle miró al asesino, sintiendo que había una verdad en sus palabras. —Tienes que decirnos más. Si hay otras personas involucradas, podemos proteger a la familia.

—¿Proteger a los Sinclair? —el asesino se rió, una risa amarga. —Ellos son los que necesitan ser despojados de su poder, no protegidos.

La tensión aumentó, y Blackburn sintió que el tiempo se agotaba. No podía permitir que el asesino los manejara. —Dame un nombre.

—¿Y qué ganaría yo con eso? —preguntó el asesino, claramente disfrutando de su posición. —¿Dejarte una pista? ¿Hacerte el trabajo más fácil?

Blackburn sabía que tenían que cambiar de estrategia. Se acercó un poco más al asesino, mirándolo a los ojos. —Piensa en lo que has hecho. Si compartes esta información, podrías obtener una negociación. Una reducción de tu pena, tal vez.

El asesino lo miró por un momento, como si considerara la oferta. —Y si no lo hago, ¿qué pasará? ¿Seguirás buscando respuestas mientras el tiempo se agota?

Isabelle, que había estado escuchando atentamente, de repente tuvo una idea. —Espera, ¿estás hablando de un plazo? ¿Hay algo específico que deba suceder en un tiempo determinado?

El asesino sonrió nuevamente, como si hubiera encontrado una oportunidad. —Es posible que haya una revelación el próximo ciclo de la luna llena. Algo que sacudirá los cimientos de París y revelará la verdad que todos han estado buscando.

Blackburn frunció el ceño, sintiendo que había una amenaza implícita en sus palabras. —¿Qué quieres decir con eso?

—Lo descubrirás pronto. Pero no estoy aquí para dar respuestas fáciles. Solo estoy aquí para ser el mensajero de la verdad. Si quieres saber más, tendrás que estar preparado para enfrentarte a quienes han estado moviendo los hilos desde las sombras.

La conversación dio un giro inquietante. Blackburn sintió que cada palabra del asesino estaba diseñada para sembrar confusión y miedo. —¿De qué tipo de verdad hablas?

El asesino se inclinó hacia adelante una vez más, sus ojos brillando con intensidad. —La verdad es un arma poderosa, Blackburn. A veces, lo que crees que es un aliado puede ser tu enemigo más grande. Y a veces, lo que crees que es un enemigo puede ser tu salvación.

Isabelle, que había estado tomando notas, de repente sintió que todo lo que habían descubierto hasta ese momento podría ser parte de un rompecabezas mucho más grande. —¿Estás diciendo que hay traidores en el departamento de policía?

El asesino se encogió de hombros, una sonrisa en sus labios. —Las lealtades son fluidas, y aquellos que piensan que son invulnerables a menudo son los más vulnerables de todos.

Blackburn sintió que su corazón latía más rápido. Sabía que había algo más, pero el asesino no estaba dispuesto a facilitarle las cosas. —Te estás burlando de nosotros. ¿Por qué deberíamos creerte?

—Porque al final, todos buscan la verdad. Y la verdad es lo que te hará libre. Pero tendrás que elegir con sabiduría a quién confiar.

Isabelle se quedó pensativa, sintiendo que las palabras del asesino tenían un peso inesperado. —¿Qué pasará si no descubrimos la verdad antes de la luna llena?

—Entonces verás lo que realmente significa perderlo todo. —El asesino se echó hacia atrás en su silla, complacido.

El silencio se instaló en la habitación mientras ambos, Blackburn e Isabelle, procesaban la información. Blackburn sentía que cada palabra del asesino era como un rompecabezas con piezas que no encajaban del todo, pero que sugerían algo mucho más grande que lo que habían imaginado.

—¿Estás diciendo que debes haber dejado alguna pista en algún lugar? —preguntó Isabelle, intentando hacer un sentido de lo que acababa de escuchar.

El asesino sonrió. —Si estás buscando pistas, quizás deberías mirar más allá de lo obvio. A veces, la respuesta está en los lugares donde nadie mira.

Blackburn apretó los dientes, sintiendo que el tiempo se les escapaba. —¿Por qué no lo dices claramente?

—Porque no es mi trabajo hacerlo. Estoy aquí para hacer que piensen, para hacerlos cuestionar lo que saben. Si lo que hay detrás de esto se revela, cambiará todo.

Isabelle se pasó una mano por el cabello, sintiéndose frustrada. —No estamos aquí para juegos mentales. Solo queremos saber la verdad.

—¿Y qué pasará cuando la encuentren? —replicó el asesino. —¿Se sentirán satisfechos? ¿O se darán cuenta de que a veces la verdad es más aterradora que la mentira?

El tono burlón en su voz hizo que Blackburn apretara los puños. —Dame un nombre o te encerraré en una celda oscura por el resto de tus días.

El asesino lo miró con una mezcla de desdén y desafío. —Eso sería un error. Hay cosas que no entiendes. La verdad siempre sale a la luz, pero a veces, hay que esperar a que la luna llena esté en su apogeo.

Isabelle, en un esfuerzo por romper la atmósfera tensa, decidió cambiar de enfoque. —Si hay algo que sabes que puede salvar vidas, tienes que decírnoslo. Esto no es solo un juego para nosotros.

—Lo sé —respondió el asesino, su mirada más seria. —Pero incluso las vidas que intentan salvarse pueden ser parte del sacrificio. Solo necesitas tener paciencia y permitir que las piezas se coloquen en su lugar.

El tiempo se estaba agotando, y Blackburn sentía que cada segundo era valioso. —¿Hay algo más que puedas darnos? Algo que nos lleve más cerca de la verdad antes de que llegue esa fecha?

El asesino se quedó en silencio, sopesando sus palabras. Blackburn vio la lucha interna en su expresión. Finalmente, el asesino se inclinó hacia adelante, su voz más baja y urgente. —Recuerda esto: no todo lo que brilla es oro, y no todos los que te sonríen son tus amigos. El tiempo revelará la verdad.

Con esa última enigmática declaración, el asesino se reclinó en su silla, como si ya no estuviera interesado en la conversación. Blackburn e Isabelle intercambiaron miradas, sintiendo el peso de la revelación en el aire.

Sin más que hacer, Blackburn se dio la vuelta y salió de la sala, con Isabelle siguiéndolo. A medida que cerraban la puerta detrás de ellos, ambos sabían que la verdadera batalla apenas comenzaba. Cada palabra del asesino resonaba en sus mentes, recordándoles que el camino hacia la verdad estaba lleno de sombras y traiciones.

La luna llena se acercaba, y el tiempo para descubrir los secretos ocultos de los Sinclair se estaba agotando. Blackburn y Isabelle tendrían que desentrañar la red de mentiras y revelaciones que se avecinaba, pero sabían que no estaban solos en su búsqueda. La oscuridad estaba a su alrededor, y cada decisión que tomaran tendría consecuencias que podrían cambiarlo todo.

Capítulo 29: La Red Se Cierra

El aire en la sala de operaciones del departamento de policía era denso con la tensión acumulada. Blackburn se encontraba al frente, rodeado por su equipo. Cada miembro estaba inmerso en la información que habían recopilado durante las últimas semanas. Las paredes estaban cubiertas de notas y fotos de las víctimas, conexiones que parecían entrelazarse en una compleja red de relaciones. En el centro de todo estaba el asesino, una sombra que había acechado a todos ellos durante demasiado tiempo.

—He revisado todas las pistas que hemos recopilado —dijo Blackburn, señalando un mapa de París en la pared. —Aquí es donde hemos encontrado patrones. Cada una de las víctimas tenía alguna relación con la familia Sinclair. A medida que hemos profundizado en sus vidas, hemos encontrado conexiones que no habíamos visto antes.

Isabelle se acercó al mapa, su dedo apuntando a un pequeño café en el distrito de Saint-Germain-des-Prés. —¿Qué tal este lugar? La víctima más reciente, la profesora de arte, fue vista aquí justo antes de su muerte. Parece que las cosas se están alineando.

—Sí, y no solo eso —respondió Blackburn—. Si analizamos los registros de seguridad de este café, podríamos encontrar algo. Tal vez incluso una grabación del asesino.

Uno de los analistas de datos, Pierre, se incorporó de su asiento. —He estado revisando los números de teléfono de las víctimas. He notado que algunos de ellos estaban en contacto con un número recurrente. Parece que fue utilizado por la misma persona en varias ocasiones antes de cada asesinato.

La atención del grupo se centró en Pierre. —¿Tienes el número? —preguntó Isabelle con interés.

—Sí, lo tengo. El número pertenece a un antiguo asociado de los Sinclair. Un tipo llamado Martin Delacroix. Tiene un historial delictivo, pero ha estado fuera del radar desde hace años —explicó Pierre, proyectando la información en la pantalla.

—Si Delacroix está involucrado, eso podría cambiarlo todo —murmuró Blackburn. —Podría ser una pieza clave para descubrir la identidad del asesino.

Blackburn sintió cómo la adrenalina empezaba a fluir por sus venas. Las conexiones estaban empezando a hacerse más claras, pero sabían que el tiempo era un factor crítico. Con cada segundo que pasaba, Natalie estaba en peligro.

—Necesitamos encontrar a Delacroix —dijo Blackburn, mirando a su equipo con determinación. —Si está detrás de esto, debemos detenerlo antes de que haga otro movimiento.

Isabelle asintió. —Voy a coordinarme con el equipo de vigilancia. Veremos si hay alguna señal de él en la ciudad.

Mientras Isabelle se movía rápidamente para implementar el plan, Blackburn se dio cuenta de que había algo más en juego. El rostro de Natalie aparecía en su mente, su risa, su valentía. Sabía que debía protegerla a toda costa.

En las siguientes horas, el equipo de Blackburn se dispersó. Algunos fueron a revisar el café, mientras otros investigaron el pasado de Delacroix. Cada minuto contaba, y la presión estaba al límite.

Al caer la noche, el teléfono de Blackburn sonó. Era Isabelle, y su voz resonaba con la urgencia que él había temido.

—He encontrado algo. Delacroix fue visto cerca del café esta tarde. Un testigo lo identificó saliendo de allí justo antes de que la profesora de arte fuera asesinada.

—¿Está en movimiento? —preguntó Blackburn, sintiendo que la tensión aumentaba.

—No lo sé. Estoy en contacto con un par de agentes que lo siguen, pero necesitamos que llegues aquí lo antes posible —respondió Isabelle, su tono era firme.

Blackburn sintió un escalofrío recorrer su espalda. —Voy para allá.

En el camino al café, su mente daba vueltas. La idea de que Delacroix podría ser el responsable lo consumía. Las revelaciones estaban cayendo como piezas de dominó, y cada una revelaba algo más oscuro que la anterior. Blackburn sabía que necesitaba ser cuidadoso. Delacroix no era un criminal común; había sobrevivido a los peligros del submundo de París y sabía cómo moverse entre las sombras.

Cuando llegó al café, encontró a Isabelle en la entrada, con un grupo de oficiales listos para entrar. Ella se acercó a él, la ansiedad visible en su rostro.

—Los agentes informan que lo han localizado. Se cree que está en un antiguo almacén cerca del río.

—¿Qué hacemos ahora? —preguntó Blackburn, sintiendo que el tiempo se estaba agotando.

—Vamos a necesitar un equipo de asalto. No podemos entrar allí solos. No sabemos cuántos aliados tiene.

Blackburn miró a su alrededor, viendo la determinación en los ojos de sus compañeros. —No podemos permitir que escape. Natalie está en riesgo y Delacroix es nuestra mejor oportunidad de llegar al asesino.

Isabelle asintió, la resolución surgiendo en su expresión. —Entonces armemos un equipo. Pero hay algo más que debemos considerar. Delacroix puede no estar solo. Debemos estar preparados para cualquier cosa.

Mientras el equipo se preparaba, Blackburn sentía que la presión aumentaba. Cada paso que daban los acercaba más al enfrentamiento final, y el peligro que enfrentaban no solo era físico. La vida de Natalie pendía de un hilo, y cada segundo que pasaba era crucial.

En el camino hacia el almacén, Blackburn se sintió impulsado por una mezcla de determinación y miedo. El conocimiento de que el asesino podría estar cerca lo mantenía alerta. Al llegar al lugar, el equipo se dispersó rápidamente, ocupando posiciones estratégicas. Blackburn y Isabelle se mantuvieron juntos, ambos conscientes de que necesitaban confiar el uno en el otro en ese momento.

—Recuerda, la prioridad es proteger a Natalie —dijo Blackburn, mirando a Isabelle a los ojos. —No podemos dejar que nada le pase.

Isabelle asintió, respirando profundamente. —Estoy contigo, Blackburn. Haremos esto juntos.

El equipo se movió sigilosamente hacia la entrada del almacén, la tensión en el aire era palpable. Blackburn se sintió como si estuvieran caminando hacia una trampa, pero la necesidad de salvar a Natalie superaba cualquier miedo que pudiera sentir.

Al entrar, el silencio era abrumador. Las sombras se alargaban y se retorcían en las paredes, mientras sus ojos se adaptaban a la penumbra. Blackburn avanzó, con la mano firmemente en su arma, cada paso resonando en su mente. Sabía que Delacroix no los recibiría amablemente.

La comunicación entre los miembros del equipo era constante. Los agentes se movían por el almacén, cada uno buscando cualquier señal de actividad. De repente, un grito rompió el silencio, seguido de un estruendo.

—¡Alto! —gritó Blackburn, mientras se giraba hacia la dirección del sonido.

Corrieron hacia la fuente del ruido, encontrando a un oficial en el suelo, un golpe visible en su cabeza. En la penumbra, vieron la figura de Delacroix desaparecer entre las sombras.

—¡Detrás de él! —gritó Isabelle, señalando hacia la dirección por donde había huido.

Blackburn y el equipo se lanzaron en su persecución, pero el lugar era un laberinto de contenedores y pasillos oscuros. Delacroix era astuto, y su conocimiento del terreno les daba una ventaja.

—No lo dejen escapar —gritó Blackburn, sintiendo que cada segundo que pasaba podría significar un paso más lejos de salvar a Natalie.

Al dar la vuelta a un contenedor, Blackburn vio a Delacroix frente a él. Se enfrentaron, sus miradas se cruzaron. Delacroix era un hombre peligroso, pero Blackburn se sintió impulsado por la necesidad de hacer justicia.

—¿Dónde está Natalie? —exigió Blackburn, acercándose con cautela.

—¿Crees que eso es lo que importa? —replicó Delacroix, con una sonrisa burlona. —Estás jugando un juego que no puedes ganar.

—No subestimes lo que estamos dispuestos a hacer —dijo Blackburn, manteniendo su arma firme. —Tienes que responderme.

—No me gustaría ser tú en este momento —dijo Delacroix, retrocediendo lentamente hacia la oscuridad. Blackburn se lanzó hacia él, pero Delacroix ya había desaparecido entre las sombras.

—¡Sigan buscándolo! —gritó Blackburn, sintiendo que la frustración lo consumía. —No podemos dejar que se escape.

Mientras el equipo continuaba la búsqueda, Blackburn sintió que la presión aumentaba. Sabía que cada segundo que pasaba acercaba a Natalie a un destino desconocido. La búsqueda se tornó frenética, el tiempo se convirtió en su enemigo.

Finalmente, un oficial gritó desde un extremo del almacén. —¡Lo he encontrado! Está en la planta de arriba!

Blackburn corrió hacia el lugar donde había sonado la voz, subiendo escaleras rápidamente, los pasos resonando en la metalizada estructura del almacén. Cuando llegó al segundo piso, se encontró con una escena que lo dejó helado.

Delacroix estaba de pie frente a Natalie, que estaba atada a una silla. Su rostro estaba pálido, pero sus ojos mostraban determinación.

—¡Natalie! —gritó Blackburn, pero Delacroix lo miró con desdén.

—¿Creías que podrías salvarla tan fácilmente? —replicó Delacroix, su voz cargada de burlas. —Esta es la culminación de todo, detective.

Blackburn se movió, consciente de que cualquier movimiento en falso podría poner a Natalie en peligro. —¡Suéltala, Delacroix!

Delacroix se rió, la risa resonando en el espacio vacío. —¿Y si no lo hago? ¿Qué harás entonces?

Isabelle apareció detrás de Blackburn, con su arma lista. —La única forma en que esto termina es si la dejas ir.

—¿Crees que pueden amenazarme? —replicó Delacroix, su sonrisa se amplió. —He esperado demasiado tiempo para perderlo todo ahora.

Blackburn sintió cómo el tiempo se detenía. —Si quieres terminar esto, tendrás que enfrentarte a nosotros. No puedes escapar de esto.

La tensión en la sala se hizo insoportable. Blackburn sabía que tenían que actuar, pero cualquier movimiento imprudente podría costarles la vida de Natalie.

—Siempre estuviste en mi camino, Blackburn —dijo Delacroix, sus ojos oscuros llenos de ira. —Tu presencia ha sido una molestia constante. Pero ahora, aquí estamos.

—¡Basta! —gritó Blackburn, sintiendo cómo el coraje comenzaba a llenar su corazón. —Si tienes algún tipo de dignidad, suéltala.

Natalie lo miró, sus ojos reflejando gratitud y desafío. En ese instante, Blackburn sintió que la decisión estaba a punto de tomarse.

—No quiero hacerle daño a tu amiga —respondió Delacroix, pero su voz carecía de sinceridad. —Pero si no me dejas en paz, podrías perderla para siempre.

Con un movimiento rápido, Blackburn giró su arma hacia Delacroix, que retrocedió un paso. —No me obligues a hacer esto.

Delacroix sonrió con malicia. —Tal vez deberías pensarlo dos veces, detective. La vida de tu amiga depende de ello.

Isabelle avanzó un paso, la determinación en su voz resonaba con fuerza. —No dejarás que esto termine así.

Con un movimiento repentino, Delacroix empujó la silla de Natalie, haciéndola caer al suelo. Blackburn sintió que su corazón se detenía mientras ella gritaba. En un instante, todo se volvió un caos.

Delacroix se lanzó hacia una salida, y Blackburn, sin pensarlo dos veces, corrió tras él. El pasillo se estrechaba, y la adrenalina lo impulsaba hacia adelante. Sabía que el tiempo se acababa. La vida de Natalie dependía de su capacidad para atrapar al asesino antes de que fuera demasiado tarde.

Mientras la persecución continuaba, Blackburn sintió cómo la red se cerraba. Era un juego mortal, y él estaba decidido a ganar.

Capítulo 30: La Batalla en la Sombra

La atmósfera en el corazón de París era intensa, un silencio inquietante se cernía sobre las calles mientras Blackburn, Isabelle y el asesino se preparaban para una confrontación inevitable. Había sido una búsqueda frenética, llena de revelaciones y traiciones, pero en ese momento, todo parecía converger en un único punto: la Plaza de la Concordia, un lugar cargado de historia y simbolismo. Era allí donde la lucha final se llevaría a cabo, un enfrentamiento que no solo decidiría sus destinos, sino también el destino de aquellos que habían caído a manos del asesino.

Blackburn se detuvo a unos metros de la plaza, sintiendo la brisa fría de la noche en su rostro. Las luces de la ciudad parpadeaban, creando sombras alargadas que danzaban en las paredes de los edificios cercanos. Miró a Isabelle, quien se mantenía a su lado, lista para actuar. Había una determinación en sus ojos que reflejaba la gravedad de la situación.

—¿Estás lista? —preguntó Blackburn, su voz grave resonando en la oscuridad.

Isabelle asintió, apretando su arma con fuerza. —Sí. No podemos permitir que esto termine mal.

Ambos sabían que el asesino no se detendría ante nada para lograr sus objetivos. Había sido un juego de gato y ratón, y ahora el ratón estaba a punto de ser cazado.

El silencio de la noche se rompió de repente por el sonido de un disparo distante. Blackburn sintió un escalofrío recorrerle la espalda. Miró a Isabelle, su corazón latiendo con fuerza. —Vamos.

A medida que se acercaban a la plaza, la tensión era palpable. Cada paso los llevaba más cerca de su enemigo, quien había jugado con ellos como si fueran piezas en un tablero de ajedrez. La plaza estaba iluminada por farolas que lanzaban un resplandor tenue, creando un ambiente casi onírico. Pero Blackburn sabía que la belleza del lugar ocultaba un peligro inminente.

Al llegar a la plaza, Blackburn se detuvo en seco. Allí, en el centro, se encontraba el asesino, su figura oscura contrastando con la iluminación circundante. La imagen era inquietante, casi surrealista. Con la Torre Eiffel al fondo, se respiraba una atmósfera cargada de anticipación.

—Detective Blackburn, Isabelle —saludó el asesino, su voz resonando en el aire como un eco siniestro. —Finalmente nos encontramos en el lugar que tanto significa para todos.

—¿Por qué aquí? —preguntó Blackburn, manteniendo su voz firme a pesar de la tensión que lo invadía. —¿Qué es lo que realmente quieres?

—¿Qué quiero? —repitió el asesino, riendo suavemente. —Quiero que veas el resultado de tu ineficacia. Que comprendas que tu búsqueda de la verdad siempre ha sido en vano.

Isabelle se mantuvo alerta, su mirada fija en el asesino, buscando cualquier indicio de movimiento. La situación era volátil y podían necesitar actuar en cualquier momento. —Sabemos que has estado detrás de todo esto. Es hora de que pagues por lo que has hecho.

El asesino se dio la vuelta lentamente, su rostro parcialmente cubierto por la sombra. —¿Y qué piensas hacer al respecto? ¿Acaso crees que puedes detenerme aquí y ahora?

Blackburn intercambió una mirada significativa con Isabelle. Ambos sabían que era ahora o nunca. —No te dejaremos escapar. Te hemos seguido hasta aquí, y esto termina hoy.

Con un movimiento rápido, el asesino sacó una pistola, disparando hacia ellos. Blackburn reaccionó al instante, empujando a Isabelle hacia un lado mientras se lanzaba al suelo. El disparo impactó en el borde de una farola, esparciendo fragmentos de vidrio por el aire.

—¡Toma cobertura! —gritó Blackburn mientras buscaba su propia arma. La adrenalina bombeaba en sus venas, y su mente se centraba en un solo objetivo: proteger a Isabelle y detener al asesino.

Ambos se movieron rápidamente detrás de una de las estatuas en la plaza, buscando refugio mientras el asesino continuaba disparando. Blackburn sabía que tenían que encontrar una forma de acercarse a él, de quitarle su ventaja.

—Necesitamos distraerlo —susurró Isabelle, su voz firme a pesar de la tensión.

Blackburn asintió. —Yo puedo hacer que se concentre en mí. Tú intenta acercarte por el lado izquierdo y flanquearlo.

Isabelle se preparó, su determinación era palpable. Blackburn tomó una respiración profunda, sintiendo cómo la presión aumentaba a su alrededor. —Ahora.

Con un grito, Blackburn salió de su refugio, disparando hacia el asesino para atraer su atención. El sonido de los disparos resonaba en la plaza, un eco de caos y peligro.

—¡Vamos, ven aquí! —gritó Blackburn, sintiendo el corazón latiendo con fuerza mientras se movía, sabiendo que cada movimiento podría ser el último.

El asesino lo miró, sus ojos brillando con una mezcla de locura y desafío. —Eres un tonto, Blackburn. Te has adentrado en mi juego, y no sabes lo que te espera.

Isabelle aprovechó la distracción, moviéndose con rapidez y sigilo hacia la posición del asesino. Blackburn pudo ver su figura alargada moverse entre las sombras, sintiendo una mezcla de orgullo y preocupación.

Los disparos continuaron intercambiándose entre Blackburn y el asesino, pero él no se detendría. Tenía que mantenerlo ocupado, mantener la atención en sí mismo. Era su deber proteger a Isabelle y, al mismo tiempo, a todos los que estaban en peligro.

El asesino lanzó un disparo que pasó rozando la cabeza de Blackburn. Sintió la ráfaga de aire, una advertencia que lo hizo dudar por un instante. —¿Crees que puedes ganar esto? —le gritó el asesino. —No hay victoria posible para ti.

Blackburn apretó los dientes, sintiendo que la ira y el miedo se entrelazaban en su interior. —No lo sabes. No te dejaremos ganar.

Mientras el fuego cruzado continuaba, Isabelle se acercaba lentamente. Había encontrado una oportunidad en la confusión, y Blackburn podía ver la determinación brillar en su mirada. A medida que la distancia entre ella y el asesino se reducía, Blackburn supo que debía mantenerlo distraído por más tiempo.

Con un movimiento audaz, Blackburn se levantó de nuevo, disparando en una ráfaga rápida. El asesino, sorprendido, tuvo que reaccionar, girándose para enfrentar la nueva amenaza. —¿Qué has hecho? —gritó, furioso.

Esa fue la oportunidad que Isabelle necesitaba. Se lanzó hacia adelante, y Blackburn la siguió con la mirada, su corazón latiendo con fuerza mientras ella se aproximaba al asesino.

Con un movimiento rápido, Isabelle logró acorralar al asesino contra una de las estatuas, apuntando su arma con determinación. —Es hora de que pagues por lo que hiciste —declaró, su voz resonando con autoridad.

El asesino, atrapado, sonrió con desdén. —¿Y qué piensas hacer, querida? ¿Disparar? ¿Crees que eso resolverá todo?

Blackburn se acercó lentamente, sintiendo que la victoria estaba al alcance. —No será tan fácil para ti esta vez. La verdad siempre saldrá a la luz, y hoy no tendrás forma de escapar.

El asesino miró a ambos, comprendiendo que su tiempo se estaba agotando. —No saben lo que han desatado. Este juego no ha terminado.

Con un grito, el asesino hizo un movimiento repentino, intentando sacar un cuchillo escondido. Blackburn reaccionó instintivamente, lanzándose hacia adelante y atrapando su brazo en el último momento.

La lucha se tornó violenta, los tres se encontraban en un juego mortal. Blackburn y el asesino forcejeaban, mientras Isabelle buscaba el equilibrio para no disparar accidentalmente.

—¡Déjame ir! —gritó el asesino, intentando liberarse de la fuerza de Blackburn.

—Nunca más —replicó Blackburn con determinación, sintiendo que cada músculo en su cuerpo se tensaba.

Finalmente, Blackburn logró desarmarlo, lanzando el cuchillo lejos de ellos. Isabelle, viendo la oportunidad, se lanzó sobre el asesino, inmovilizándolo en el suelo.

—¡Estás acabado! —declaró Isabelle, asegurando sus manos sobre el asesino.

El rostro del asesino se tornó sombrío, sus ojos llenos de furia y desesperación. Blackburn se puso de pie, respirando con dificultad, su cuerpo temblando por la adrenalina.

—Ahora, dínos todo lo que sabes —dijo Blackburn, acercándose a ellos. —Este es tu último intento de escapar.

El asesino, atrapado, sonrió de forma retorcida. —¿Y qué si lo hiciera? Ustedes son los que terminarán en la oscuridad, no yo.

Blackburn se agachó, mirando al asesino a los ojos. —Te detendremos. La verdad siempre prevalece, y tú no podrás ocultarte más.

La batalla había llegado a su fin, pero Blackburn sabía que las consecuencias de esta confrontación apenas comenzaban a desvelarse.

Isabelle, aún con el peso del asesino bajo su control, intercambió una mirada con Blackburn. Ambos entendieron que el desenlace de este conflicto no solo dependía de capturarlo, sino también de las verdades que él guardaba.

—¿Quién te envió? —preguntó Isabelle, presionando su rodilla contra el pecho del asesino para asegurarse de que no pudiera moverse.

Él soltó una risa seca, despectiva. —¿Y qué te importa? El verdadero juego apenas empieza. Ustedes piensan que pueden detenerme, pero el poder que manejo es mucho más grande de lo que creen.

Blackburn sintió que su paciencia se evaporaba. Había perdido a tantas personas debido a este monstruo, y cada palabra que salía de su boca lo llenaba de rabia. —¿Qué poder? —exigió, acercándose más, tratando de atravesar la fachada del asesino. —Eres un cobarde. Escondiéndote tras la sombra de otros, pero al final, no eres más que un asesino.

La expresión del asesino se oscureció, su sonrisa se desvaneció por un instante. —No sabes nada, Blackburn. Hay secretos en esta ciudad que nunca verás. Te crees el héroe, pero la historia se escribe en las sombras.

A medida que el silencio envolvía la plaza, Blackburn sintió que el tiempo se detenía. Era cierto que había más en juego de lo que el asesino estaba dispuesto a confesar. Sin embargo, no podía dejar que eso lo detuviera.

—No tenemos tiempo para tus juegos mentales. Vamos a entregarte a la policía, y tú te enfrentarás a la justicia —dijo Blackburn, y al pronunciar esas palabras, sintió un rayo de esperanza. Sabía que había llegado el momento de actuar.

Mientras Blackburn sacaba su teléfono para llamar a la unidad de apoyo, el asesino, en un último intento por liberarse, utilizó su fuerza para empujar a Isabelle. Ella perdió el equilibrio y cayó hacia atrás, dando al asesino la oportunidad de rodar y levantarse. Blackburn, al ver la maniobra, sintió que el horror se apoderaba de él.

—¡No! —gritó Blackburn, pero era demasiado tarde. El asesino se había levantado, la rabia en sus ojos era palpable.

Con un movimiento rápido, el asesino sacó un arma oculta que había mantenido a su espalda. Blackburn reaccionó al instante, pero el tiempo parecía ralentizarse. El sonido del disparo resonó en la plaza, retumbando como un trueno en una tormenta inminente.

Isabelle, aún en el suelo, se incorporó justo a tiempo para ver cómo Blackburn se interponía entre el asesino y ella, recibiendo el impacto de la bala en su hombro. El dolor atravesó su cuerpo, y la sensación de traición que había sentido al verlo caer fue desgarradora.

—¡Blackburn! —gritó Isabelle, sintiendo que su corazón se detenía. Se lanzó hacia él, pero el asesino había desaparecido en la confusión, aprovechando el momento de caos para escapar.

Blackburn cayó de rodillas, sintiendo que el mundo se desvanecía a su alrededor. Isabelle se arrodilló a su lado, el terror y la desesperación reflejados en su rostro.

—No, no, no... —murmuró, presionando su mano contra la herida. —¡Tienes que aguantar!

La sangre manaba de su herida, y Blackburn respiraba con dificultad. En su mente, luchaba contra el dolor, consciente de que esto no era el final. Había tanto en juego, y no podía permitirse rendirse ahora.

—Isabelle... —susurró, esforzándose por mantener los ojos abiertos. —Debes detenerlo... no dejes que se escape.

—No voy a dejar que esto termine así —dijo ella con sus ojos llenos de lágrimas mientras intentaba controlar la hemorragia. —Voy a conseguir ayuda.

El sonido de sirenas se escuchó a lo lejos, y Blackburn sintió una leve oleada de alivio al saber que la ayuda estaba en camino. Pero, a la vez, una inquietud crecía en su interior.

—Dile a Natalie que... —su voz se fue apagando, luchando por encontrar las palabras.

—¡No hables así! —interrumpió Isabelle, sintiendo que su corazón se rompía. —Vas a estar bien, lo prometo.

Blackburn tomó una profunda respiración, sintiendo que su visión se nublaba. —No puedo... dejar que este... termine aquí. La verdad...

Y con esas palabras, el mundo se oscureció a su alrededor. Blackburn cayó al suelo, su cuerpo inerte. Isabelle gritó, su voz resonando en la plaza vacía mientras luchaba por reanimarlo, por mantener la chispa de vida encendida.

La realidad la golpeó como un mazo: el asesino seguía suelto, y Blackburn estaba herido, posiblemente muerto. Una sensación de impotencia la envolvió. El futuro que habían imaginado juntos, la resolución de este caso, todo se desvanecía en el aire helado de la noche parisina.

Isabelle sabía que no podía permitir que su compañero se fuera así. Debía luchar, no solo por él, sino también por todos aquellos que habían sufrido a causa de este asesino. Con determinación, se levantó y comenzó a buscar ayuda, su corazón latiendo con fuerza mientras se adentraba en la oscuridad de la noche.

La batalla había comenzado, y aunque Blackburn estaba caído, ella no se detendría. Había mucho más en juego, y la lucha por la verdad y la justicia apenas comenzaba.

Capítulo 31: El Precio de la Verdad

La tarde se desplomó sobre París, sumiendo la ciudad en una bruma melancólica mientras Isabelle permanecía en la sala de interrogatorios, rodeada de documentos y fotos. La tensión era palpable en el aire, y el murmullo de las voces de los oficiales resonaba en el fondo. Desde que Blackburn fue llevado de urgencia al hospital, cada minuto se sentía como una eternidad. Sin embargo, en su mente, Isabelle sabía que debía seguir adelante.

Las luces parpadeantes del edificio de la policía le recordaban que había un asesino suelto, un monstruo que había causado un dolor inimaginable. Y aunque Blackburn luchaba por su vida, ella no podía permitir que eso la detuviera. La verdad estaba a su alcance, y debía desenterrarla.

Con determinación, abrió un archivo que contenía información sobre las víctimas. En un rincón de la sala, un detective revisaba una lista de contactos de la familia Sinclair. Isabelle se acercó, con la esperanza de encontrar conexiones que pudieran haber pasado desapercibidas en el apuro de los últimos días.

—¿Has encontrado algo? —preguntó Isabelle, sus ojos buscando en el rostro del detective alguna señal de éxito.

El detective levantó la vista, su expresión seria. —He estado revisando los registros de llamadas y mensajes de texto. Hay un patrón extraño, algunos números se repiten entre las víctimas.

Isabelle se inclinó más cerca, interesada. —¿Qué números?

—Este —dijo el detective, señalando una hoja—, parece que pertenece a un antiguo socio de la familia Sinclair. Era un tipo de inversiones, muy cerrado y con una red de contactos extensa. Nadie lo ha mencionado antes.

Isabelle frunció el ceño. —¿Por qué no lo han mencionado? ¿Qué hay de su relación con las víctimas?

El detective sacudió la cabeza. —No lo sé, pero parece que tenía tratos con al menos tres de las víctimas. Y es un hecho que había una gran presión financiera sobre la familia Sinclair en los últimos años.

Mientras hablaba, un escalofrío recorrió la columna de Isabelle. La relación entre la familia Sinclair y este hombre podría ser la clave para desentrañar el misterio. Si había conexiones financieras, quizás había razones más profundas para los asesinatos.

—¿Tienes su nombre? —preguntó Isabelle, tomando una libreta para anotar.

—Sí, se llama Victor Dufresne. Está registrado como propietario de varias empresas en París. Algunos dicen que es un genio financiero, otros murmuran sobre su conexión con el crimen organizado.

Isabelle sintió que las piezas comenzaban a encajar. El nombre resonaba en su mente. Había oído ese nombre en las conversaciones de las víctimas, en el contexto de negocios que habían ido mal.

—Esto podría ser un camino a seguir. Necesitamos encontrarlo —dijo ella, levantándose con determinación.

En ese momento, el oficial a cargo entró en la sala, su rostro serio. —Isabelle, tenemos una pista. Un testigo dice haber visto a un hombre que coincide con la descripción de nuestro sospechoso cerca de la última escena del crimen.

Isabelle se volvió rápidamente, sintiendo que la adrenalina comenzaba a fluir. —¿Dónde?

—En un bar de la esquina de la calle Saint-Germain. El testigo está seguro de que lo vio entrar.

Sin perder tiempo, Isabelle salió de la sala, dirigiéndose hacia el coche patrulla que la llevaría al bar. La ciudad la esperaba, y su determinación crecía con cada paso.

El bar estaba lleno de humo y risas nerviosas, una mezcla de conversaciones que competían por ser escuchadas. Isabelle entró, su mirada afilada escaneando el lugar en busca de Victor Dufresne. No pasó mucho tiempo antes de que lo viera, sentado en una esquina, con un trago en la mano, su rostro iluminado por la tenue luz del lugar.

Isabelle se acercó con cautela, tomando aire para calmar los latidos de su corazón. Sabía que no podía perder la oportunidad. Con un movimiento rápido, se plantó frente a él.

—Dufresne, necesito hablar contigo.

El hombre levantó la vista, su expresión de sorpresa rápidamente se transformó en desdén. —¿Quién te crees, chica? —dijo, dejando caer su voz a un susurro amenazante.

—Soy detective. Y creo que sabes más de lo que has dicho sobre las víctimas —respondió Isabelle, sin titubear.

—No tengo nada que decirte. Mi relación con ellos era puramente profesional. Negocios.

Isabelle lo miró fijamente, sintiendo que su paciencia comenzaba a desvanecerse. —¿Negocios? La gente ha muerto, Dufresne. ¿Tienes alguna idea de lo que eso significa?

Victor se encogió de hombros, despreocupado. —Es el precio que se paga por el éxito en este mundo. Algunos no pueden manejar la presión.

Su respuesta resonó en la mente de Isabelle como un eco oscuro. Este hombre no solo estaba involucrado en el sufrimiento de las víctimas, sino que parecía disfrutarlo. Pero había más. Su actitud le decía que no era la única en su contra.

—¿Tuviste algo que ver con los asesinatos? —preguntó Isabelle, manteniendo la mirada fija en sus ojos.

La sonrisa de Victor se desvaneció lentamente, y por un momento, sus ojos revelaron un destello de miedo. —¿Acaso crees que soy tan estúpido como para implicarme? —dijo, su tono ahora más grave.

—No necesito implicarte. El hecho de que estés aquí hablando de presión, de negocios fallidos, habla por sí mismo. Estás asustado, y lo sabes. El asesino está más cerca de lo que piensas —Isabelle se acercó más, sintiendo que la tensión aumentaba.

Dufresne se movió en su asiento, nervioso. —No estoy asustado. Solo estoy... preparado para proteger lo que es mío. La familia Sinclair tiene más secretos de los que pueden imaginar.

Isabelle sintió que la conversación tomaba un giro inesperado. —¿Qué secretos? —inquirió, sintiendo que cada palabra era un paso más cerca de la verdad.

Victor miró a su alrededor, asegurándose de que nadie lo escuchara. Luego, inclinándose hacia Isabelle, susurró. —Lo que no saben es que todos están involucrados. Lo que está en juego es más grande de lo que pueden imaginar.

Las palabras se aferraron a Isabelle como un garfio. Si lo que decía era cierto, entonces la familia Sinclair estaba en el centro de una conspiración mucho más profunda. Los asesinatos no eran solo actos de venganza, eran parte de un juego de poder que había estado ocurriendo durante años.

—¿Qué estás diciendo? —preguntó Isabelle, su voz casi un susurro.

—No puedo decir más aquí. No estoy dispuesto a poner mi cabeza en la guillotina. Pero hay alguien que puede ayudarte, alguien dentro de la familia.

La revelación cayó como una piedra en el agua. Isabelle sabía que debía actuar rápido. Si había una conexión interna en la familia Sinclair, esto podría desatar una serie de eventos que podrían cambiarlo todo.

—¿Dónde puedo encontrar a esa persona? —preguntó, sintiendo que cada segundo contaba.

Victor miró a su alrededor nuevamente, su expresión cambiando. —Vete a la galería de arte de Sinclair. Esta noche hay una exhibición privada. Ella estará allí.

Isabelle sintió que su corazón se aceleraba. Sabía que esa era la clave para descubrir la verdad detrás de todos los crímenes. Sin embargo, la advertencia en la mirada de Dufresne no pasó desapercibida.

—Si esto es un truco... —comenzó Isabelle, pero él la interrumpió.

—No es un truco. No puedo garantizar tu seguridad, pero lo que hay en juego aquí es más grande de lo que tú y yo podemos manejar. Solo asegúrate de que no te vean venir.

Sin esperar una respuesta, Dufresne se levantó y salió del bar, dejando a Isabelle con una sensación de urgencia y desasosiego. Tenía que apresurarse.

El tiempo se movía como un río turbulento mientras Isabelle se dirigía a la galería de arte. Cada paso resonaba en su mente como un eco de advertencia. La posibilidad de enfrentar no solo la verdad, sino también a aquellos que podrían estar detrás de todo, la llenaba de una mezcla de miedo y determinación.

Al llegar a la galería, se encontró con un espectáculo de luces brillantes y personas bien vestidas, riendo y disfrutando del arte. Sin embargo, el ambiente festivo se sentía distante. Isabelle sabía que en medio de esa belleza podría estar la clave para desentrañar un escándalo que había estado oculto bajo capas de engaño y dolor.

Con un objetivo claro, se adentró en la multitud, su mirada aguda buscando cualquier señal de la persona que Dufresne había mencionado. Sabía que las decisiones que tomaría esa noche definirían no solo su futuro, sino también el de todos aquellos que habían sido afectados por la locura del asesino.

Mientras exploraba la galería, una risa familiar resonó en sus oídos, llevándola hacia una habitación privada en la parte trasera. Su corazón latía con fuerza, y la incertidumbre crecía con cada paso.

Cuando finalmente entró, lo que vio la dejó sin aliento. Una figura conocida estaba allí, rodeada de arte y lujo: Natalie Sinclair, pero había algo en su mirada que no era familiar. Había una tensión en el aire, un secreto oculto que la familia había estado guardando durante demasiado tiempo.

—Isabelle, ¡qué sorpresa! —dijo Natalie, su tono ligero, pero los ojos traicionaban una preocupación profunda.

—Necesito hablar contigo, Natalie. Es urgente —respondió Isabelle, consciente de que la verdad estaba a punto de salir a la luz, y que el precio de esa verdad podría ser más alto de lo que imaginaban.

Capítulo 32: Nuevos Comienzos

La luz del amanecer se filtraba a través de las ventanas de la oficina de la policía, iluminando las paredes adornadas con fotos de las víctimas y mapas del caso. Isabelle observaba cómo los rayos dorados caían sobre las superficies, dándole a la habitación un aire de esperanza renovada. Había pasado casi una semana desde que se resolvió el caso del asesino que había aterrorizado a París, y aunque la ciudad comenzaba a recuperarse, los ecos de la tragedia aún resonaban en su mente.

La investigación había sido un torbellino de emociones y revelaciones, una lucha entre la vida y la muerte que había puesto a prueba no solo su habilidad como detective, sino también su carácter y su moralidad. Isabelle se sentó en su escritorio, revisando los últimos informes y asegurándose de que todo estuviera en orden antes de que su día comenzara. El caso había dejado cicatrices en muchos, incluidos ella y Blackburn, pero también había abierto puertas a nuevas oportunidades.

El sonido de la puerta abriéndose la sacó de sus pensamientos. Era Blackburn, con una expresión cansada pero decidida. Había estado en el hospital recuperándose de sus heridas, pero su espíritu seguía tan fuerte como siempre.

—Buenos días, Isabelle —dijo él, su voz llena de una mezcla de calidez y gravedad.

—Buenos días, Blackburn. Me alegra verte de vuelta —respondió ella, sintiendo una oleada de alivio al ver su familiar figura.

Él sonrió levemente y se acercó a su escritorio, mirando los documentos esparcidos por la mesa. —Parece que has estado ocupada.

—Sí, tratando de poner todo en orden. La familia Sinclair ha sido cooperativa, pero hay mucho trabajo por hacer para cerrar este capítulo —dijo Isabelle, revisando unos archivos más.

—Lo sé. Pero, ¿sabes? A veces, es bueno dar un paso atrás y reflexionar sobre lo que hemos aprendido. Este caso nos ha enseñado más de lo que podríamos haber imaginado —dijo Blackburn, mientras se acomodaba en la silla frente a ella.

Isabelle asintió. La experiencia había sido un torbellino de emociones, y el dolor que había causado había dejado una marca imborrable. Sin embargo, había también lecciones que aprender. A través del caos, había encontrado su propio propósito. —He estado pensando en eso. Tal vez lo que hemos pasado puede ser el principio de algo nuevo para nosotros.

—¿Te refieres a nosotros como socios? —preguntó Blackburn, su mirada fija en ella.

—Sí. Trabajar juntos en este caso ha sido revelador. Creo que tenemos una conexión que va más allá de ser solo colegas —respondió Isabelle, sintiendo cómo las palabras fluían de sus labios.

—No solo somos colegas. Hemos enfrentado el peligro juntos, hemos visto lo peor de la humanidad, y hemos salido más fuertes. Esta experiencia nos ha moldeado —dijo Blackburn, una seriedad en su voz que resonaba con la verdad.

Isabelle sintió una calidez en su interior. Había sido un viaje difícil, pero había valido la pena. Sin embargo, también había más que considerar. —¿Qué pasará con nosotros después de esto? —preguntó, sintiéndose vulnerable al abrir su corazón.

—No lo sé. Pero creo que debemos seguir explorando esto. Hay algo en ti que me inspira. Y creo que podemos hacer un gran equipo —respondió Blackburn, su mirada penetrante sincera.

Mientras hablaban, un grupo de oficiales entró en la oficina, interrumpiendo su conversación. Isabelle se enderezó en su silla, sonriendo ante la llegada de sus colegas. Aunque habían pasado por momentos oscuros, la luz de la camaradería estaba presente.

—¡Detective! —llamó uno de los oficiales—. Hay una reunión sobre el caso. El capitán quiere hablar sobre la familia Sinclair y los siguientes pasos.

Isabelle asintió, sintiendo que el peso del mundo se deslizaba lentamente de sus hombros. —Vamos a ver qué nos tienen que decir.

El equipo se dirigió a la sala de reuniones, donde el capitán se sentaba en la cabecera de la mesa. Había una atmósfera de seriedad en el aire, pero también una sensación de logro. El caso que había comenzado con desesperación y miedo había terminado en justicia.

—Gracias a todos por estar aquí. Quiero tomar un momento para reconocer el increíble trabajo que han hecho en este caso —dijo el capitán, mirando a su equipo con orgullo—. Hemos logrado desmantelar no solo a un asesino, sino a una red de corrupción que ha estado operando en las sombras.

El murmullo de aprobación recorrió la sala. Isabelle y Blackburn intercambiaron miradas, sabiendo que habían hecho lo correcto. El capitán continuó: —A partir de hoy, empezaremos a ver las repercusiones de nuestras acciones. La familia Sinclair está lista para hacer su declaración, y debemos estar preparados para cualquier pregunta que pueda surgir.

Isabelle sintió que su corazón latía más rápido. Había una gran responsabilidad en juego, no solo para proteger a las víctimas, sino también para asegurarse de que la verdad prevaleciera. Mientras la reunión continuaba, su mente reflexionó sobre lo que vendría después. Había tanto por hacer, y el futuro parecía incierto.

Al salir de la reunión, Blackburn se acercó a Isabelle, su expresión grave. —¿Estás lista para esto? Sabemos que la familia Sinclair no tiene un buen historial, y su declaración puede ser complicada.

—No hay vuelta atrás, Blackburn. Lo que hemos aprendido nos ha preparado para enfrentar cualquier cosa —respondió Isabelle, su voz llena de determinación.

Ambos se dirigieron a la sala donde la familia Sinclair iba a hacer su declaración. A medida que se acercaban, el murmullo del público se hizo más fuerte. La familia estaba bajo los reflectores, y aunque se habían enfrentado a la tragedia, también había un aire de esperanza en el aire. Isabelle y Blackburn se posicionaron en la parte trasera, listos para observar.

La sala se llenó de periodistas y curiosos, todos ansiosos por escuchar la declaración de los Sinclair. Isabelle podía sentir la tensión en el aire mientras la familia se preparaba para hablar. Fue un momento decisivo, no solo para ellos, sino para todos los involucrados en el caso.

Natalie Sinclair, visiblemente afectada, tomó el micrófono. —Hemos pasado por momentos difíciles. La pérdida de seres queridos nunca se puede medir, y hemos tenido que enfrentar nuestros propios demonios. Pero hoy estamos aquí para rendir homenaje a las víctimas y trabajar para que la justicia prevalezca —dijo, su voz resonando con sinceridad.

Isabelle notó el temblor en su voz, la fragilidad de su expresión. Sabía que había más detrás de su fortaleza, más que el dolor que mostraban. La familia Sinclair había estado en el centro de la tormenta, y su lucha por la verdad también era una lucha por redimirse.

A medida que continuaba la declaración, Isabelle sintió cómo la historia de la familia Sinclair comenzaba a entrelazarse con la suya propia. Habían enfrentado adversidades, y aunque sus caminos eran diferentes, ambos habían encontrado un nuevo propósito en medio del caos.

La declaración terminó con aplausos suaves, y la sala comenzó a desmoronarse. Isabelle y Blackburn se miraron, sabiendo que este era un nuevo comienzo no solo para la familia Sinclair, sino también para ellos. La lucha por la verdad y la justicia les había unido de maneras que nunca habrían imaginado.

Con un sentido renovado de propósito, se dirigieron a la salida de la sala. Isabelle sintió que el peso de los acontecimientos comenzaba a desvanecerse. Habían sobrevivido a la tormenta, y ahora, era hora de reconstruir sus vidas.

Al salir, el aire fresco de París los envolvió. La ciudad que habían conocido había cambiado, pero en ese cambio había oportunidades. Isabelle miró a Blackburn, quien la observaba con una mezcla de admiración y complicidad.

—Lo hemos logrado, ¿verdad? —preguntó él, una sonrisa de satisfacción en su rostro.

—Sí, pero esto es solo el comienzo. Hay mucho que hacer —respondió Isabelle, su voz firme.

—Juntos. Siempre juntos —dijo Blackburn, extendiendo su mano hacia ella.

Ella tomó su mano, sintiendo el calor y la conexión entre ellos. Habían enfrentado el peligro y habían salido más fuertes, y ahora estaban listos para enfrentar lo que vendría.

A medida que caminaban por las calles de París, Isabelle se sintió llena de esperanza. La ciudad de las luces nunca volvería a ser la misma, pero ahora había una chispa de renovación en el aire. Ambos sabían que el futuro estaba lleno de posibilidades y que, juntos, podrían enfrentar cualquier desafío que se presentara.

Isabelle miró hacia el horizonte, sintiendo que la vida les ofrecía una segunda oportunidad. Con Blackburn a su lado y una nueva misión en el corazón, estaban listos para lo que el destino les deparara. Un nuevo capítulo comenzaba, uno que estaba lleno de promesas, desafíos y, sobre todo, un propósito renovado.

Did you love *Luces Apagadas en la Ciudad Brillante Un Thriller Psicológico,Crimen y Policial*? Then you should read *Habitación 742*[1] by Grayson Blackwood!

[2]

At the heart of a towering corporation, Charlotte uncovers a dark secret that challenges her understanding of power and ambition. "Room 742," a place shrouded in mystery, has been the center of a clandestine experiment designed to create ruthless leaders capable of manipulation and control. As Charlotte delves into a world of intrigue and danger, she is confronted with the revelation that her own father was one of the experiment's first victims.

Caught between her loyalties and the desire to expose the truth, Charlotte is forced to make impossible choices. How far will she go to protect her humanity and that of those she loves? When old friends become enemies and alliances are torn apart, Charlotte realizes that power comes at a devastating price.

---

1. https://books2read.com/u/br2nQw

2. https://books2read.com/u/br2nQw

Accompanied by Nathan, her loyal friend, and Patricia, a tech expert, Charlotte embarks on a dangerous mission to dismantle the room and destroy the legacy of "The Circle." But as the pressure mounts and time runs out, sacrifice becomes the only option to escape the trap they've woven around them.

"Room 742" is an absorbing psychological thriller that will take you to the edge of human ambition, challenging your perceptions of control and morality. Are you ready to discover what really lies behind closed doors?